이상한
동물원의
행복한
수의사

이상한 동물원의 행복한 수의사

1판 1쇄 인쇄 2024. 5. 24.
1판 1쇄 발행 2024. 6. 7.

지은이 변재원

발행인 박강휘
편집 김은하 디자인 윤석진 마케팅 김새로미 홍보 반재서
발행처 김영사
등록 1979년 5월 17일(제406-2003-036호)
주소 경기도 파주시 문발로 197(문발동) 우편번호 10881
전화 마케팅부 031) 955-3100, 편집부 031) 955-3200 | 팩스 031) 955-3111

값은 뒤표지에 있습니다.
ISBN 978-89-349-1042-8   03810

홈페이지 www.gimmyoung.com   블로그 blog.naver.com/gybook
인스타그램 instagram.com/gimmyoung 이메일 bestbook@gimmyoung.com

좋은 독자가 좋은 책을 만듭니다.
김영사는 독자 여러분의 의견에 항상 귀 기울이고 있습니다.

이상한
동물원의
행복한
수의사

변재원
지음

김영사

10분에 100바퀴를 도는 어느 실내 동물원 사자를 보며, 이런 동물원 따위 사라졌음 좋겠다는 생각을 한 적이 있다. 내가 막연히 불쌍해하고 화만 낼 때, 야생이라는 집을 잃은 동물의 앙상한 다리를 주무르고, 밤을 새워가며 분유를 먹였던 사람. 초보 수의사였던 저자는 카멜레온이 죽은 날, 유리벽을 두드리던 관람객에 저도 모르게 감정을 쏟고, 작은 두 앞발로 청진판을 끌어안아 콩콩대는 작은 수달의 심장 소리를 들으며 나아갔다. 갈 곳 없는 '갈비 사자' 바람이를 살리고 동물원의 추모관 벽에 가득한 명패를 보면서 지금의 동물원이 너희가 세상을 떠날 때보다 나아졌는지 아프게 묻는다. 그 물음은 홀로 해결할 수 있는 게 아니다. 모두가 이 책을 보면 좋겠다. 동물원에 가는 모든 사람의 손에 빠짐없이 이 책이 들리면 좋겠다. _ 남형도 기자

나는 항상 무엇을 알아야 했고 무엇을 했어야 했고 무엇을 할 수 있는지 묻는 사람들에게 마음이 끌린다. 그런 사람은 새로운 가능성을 열어준다. 이 책은 바로 그런 사람이 쓴 책이다. 다른 모든 좋은 책처럼 이 책에도 모색과 헌신과 기쁨이 있다. 이것을 한 단어로 표현하면 '행복'이다. 우리가 살아온 날들을 돌아보고, 살아갈 날들을 생각해 볼 때 더 큰 돌봄, 더 큰 연민이 필요하다는 것은 의심의 여지가 없다. 이 책은 우리가 연민과 돌봄과 책임이 있는 세상에서 살도록 돕는다. 올 여름에는 열 일 제쳐두고 청주동물원에 가봐야겠다. 이 책에 나오는 동물들을 모두 보고 그 이야기에 귀 기울이고 싶다. 그리고 다정한 수의사 선생님을 먼발치에서라도 보고 싶다! _정혜윤 PD

내가 처음 아쿠아리움에서 일을 시작할 때만 해도 동물원이나 아쿠아리움의 동물 복지에 대한 일반의 관심이 지금처럼 크지 않았다. 관람객의 민원 내용도 시설을 이용할 때의 불편이라든가 동물 체험을 더 해볼 수는 없는지에 대한 문의가 대부분이었다. 간혹 들어오는 동물보호단체나 환경단체의 지적과 비판을 제외하면 동물의 생활환경이나 복지에 대한 문의는 전혀 없다시피 했다. '구경하는 사람만 즐겁고 편리하면 그만'이라는 생각으로 동물원도 관람객도 동물의 불편을 애써 외면해 왔다.

그런데 몇 년 사이 상황이 크게 달라졌다. 동물원의 동물이 어떤 환경에서 사육되고 있는지, 건강 상태는 어떤지, 이상 행동을 보이는 동물은 없는지, 폐사한 동물의 사인은 무엇인지 등 일반의 관심 정도가 깊고 넓을뿐더러 그 관심을 적극적인 방식으로 표현한다. 동물원의 전체적인 동물 복지 수준이 동물원을 향한 평가와 직결된다. 나는 동물원과 아쿠아리움에서 지내는 동물의 삶에 관심을 가지기 시작한 사람들을 떠올리며 이 책을 썼다. 때로는 신입 시절의 철없었던 생각과 행동이 한없이 부끄럽기도 했지만 그럼에도 최대한 솔직하게 쓰기 위해 노력했다.

동물원과 아쿠아리움에서 즐겁고 행복한 일들만 일어나지는 않는다. 특히 최근 들어 사람들이 부쩍 궁금해하는 동물원 동물의 삶에 대해서는 내부자의 시선으로 깊은 속사정을 이야기할수록 분위기가 무거워진다. 그렇지만 슬프더라도 그런 이야기가 더 널리 알려질 필요가 있다고 생각했다. 불과 몇 년 전까지 오로지 관람객의 즐거움만을 위해 동물원과 아쿠아리움의 동물이 어떤 불편과 희생을 감수했는지, 사람들이 동물에게 어떤 잘못과 실수를 해왔는지, 왜 현재로서는 동물원이 마냥 즐거울 수만은 없는 공간인지, 현재의 동물원이 동물의 더 나은 삶을 위해 어떤 노력을 하고 있는지를 최대한 가감 없이 전하려 했다. 그래서 동물원이라는 공간이 아직은 마음이 불편한 곳이더라도, 훗날에는 더 이상 인간의 즐거움을 위해 동물이 내몰리지 않기를, 생명이 상품처럼 소모되지 않기를, 그러다 마침내 동물에게도 사람에게도 편안한 동물원이 되기를 간절히 바란다.

나보다 앞서 고된 길을 개척하며 동물원 동물들을 위해 애써온 김정호 수의사, 언제나 완벽한 모습으로 모범이 되어주는 홍성현 수의사, 동물원에서의 일과 생활이 얼마나 행복한지를 매 순간 새롭게 일깨워 주는 윤수경 선생님에게 특별히 감사 인사를 전하고 싶다. 더불어 신입 수의사 시절부터 지금까지 고락을 함께하며 나를 앞으로 나아가게 해준 모든 동료들, 얼굴도 이름도 자세히 알지 못하지만 갑작스러운 요청에도 늘 흔쾌히 도움의 손길을 건네며 동물을 위해 각지에서 고군분투하고 있는 수의사와 사육사들, 마지막으로 어렵고 힘든 길이 되리라는 사실을 잘 알고 있으면서도 같은 꿈을 꾸는 이들에게 마음을 담아 응원을 보낸다.

2024년 봄 청주에서
변재원

(차 례)

1장

(아쿠아리움에서)

해양 동물 수의사를 꿈꾸다

가족이 모두 건강하고 화목했던 어린 시절의 어느 날, 어디로 가고 있었는지는 기억나지 않지만 젊은 아버지의 모습과 목소리까지 오롯이 기억나는 추억이 하나 있다. 아버지는 어리고 천진난만했던 당시의 나에게 꿈이 무엇인지 물었고, 나는 별다른 생각 없이 "과학자"라고 대답했다. "그렇구나" 하는 아버지의 덤덤한 목소리와 함께 짧은 대화는 그렇게 끝이 났다. 시간이 지난 지금 생각해 보니 그때의 아버지는 나에게 간단히라도 '앞으로의 진로'에 대한 답을 바랐던 것 같다. 하지만 어렸던 나는 미래에 어떤 일을 하고 싶은지가 아닌, 그저 당시 인기 있는 드라마에 나오던 등장인물을 향한 막연한 동경으로 '멋있는 직업'을 말했을 뿐이다. 그러니까 어린 시절 내게는 이렇다 할 꿈이 없었다.

그 후로도 나는 진로를 진지하게 고민하는 학생이 었다기보다 친구들과 어울려 놀기를 더 좋아하는 아이 였다. 그렇다고 아주 막 나갔던 건 아니고 학교는 꼬박꼬 박 빠지지 않고 나가는, 부모님에게 혼이 날 때는 공부도 가끔 하는, 그런데 왜 공부를 해야 하는지에 대한 막연한 의문은 해소하지 못한 평범하다면 평범한 아이였다. 부 모님의 성화로 학원도 여러 곳 다닐 수 있었는데 학습 태 도는 그리 쉽게 고쳐지는 것이 아니었다.

그러다 고등학교 진학을 앞둔 시기에 '몬돌'이라 는 강아지가 새 가족이 되었다. 내게 강아지 동생이 생긴 것이다. 하지만 기쁨도 잠시, 모든 반려동물의 생이 그렇 듯 내 강아지 동생도 나와는 다른 속도로 살면서 눈 깜짝 할 새 몸 여기저기가 아픈, 매일 심장 약을 먹지 않으면 안 되는 늙은 개가 되었다. 그즈음부터 나는 몬돌이가 더 이상 아프지 않기를 바라며 몬돌이를 치료하고 싶다는 단순하지만 간절한 마음으로 수의사를 꿈꾸기 시작했다. 드디어 인생에서 처음으로 장래 희망 비슷한 무언가를 갖게 된 것이다. 하지만 수의사라는 직업을 미디어나 만화책을 통해 얼핏 보았을 뿐 대학에서 6년 과정을 밟아야 한다는 사실도, 아니 그보다 먼저 수의학과에 합격하기 위해서는 꽤나 높은 대입 수능 성적을 받아야 한다는 사실도 전혀 모르고 있었다. 돌이켜 보니 이 무슨 대책 없는 자신감이었나 싶다. 그래도 한번 마음먹은 건 어떻게든 이를 악물고 지켜내려는 성격 덕인지 수의사라는 목표를 세운 이후로는 스스로와의 약속을 지키기 위해 누구보다 열심히 공부했다. 대충 하던 공부를 뒤늦게 제대로 시작하려니 고생이 이만저만이 아니었고 힘들지 않았다고는 절대 말할 수 없지만 다행히 타고난 체력과 운의 도움을 두루 받아 무사히 수의학과에 입학했다.

기를 쓰고 들어간 수의학과인데, 힘들었던 입시 공부에 대한 보상 심리였는지 아니면 목표를 이루고 난 후의 허탈감이었는지 대학생이 되어서는 또다시 공부를 손에서 놓아버렸다. 선배들마저 예과(일반적으로 수의학과의 학제는 수의예과 2년, 수의학과 4년으로 구성된다) 때는 놀아도 된다는 분위기를 조성했고, 나는 '이왕 노는 거 제대로 놀자'는 생각으로 지내며 백지 시험지를 내고 학사 경고를 맞는 지경에 이르렀다. 정말이지 중간이 없는 청춘이었다.

처음 얻은 자유를 만끽하며 허송세월을 보내면서 아픈 몬돌이를 향한 간절함도 잠시 잊고 말았다. 그저 생각 없이 놀기만 하는 한심한 인간이 되고 있었다. 그러다 결국 부모님의 성화에 못 이겨 쫓기듯 군복을 입게 되었다. 수의학과 재학생들은 대개 공중방역 수의사로 군 복무를 대체하게 되는데 나는 드물게 현역병으로 복무를 마친 케이스다. 당시 집안 사정이 좋지 않기도 했고, 자의 반 타의 반이었지만 군 생활을 하며 다시 정신을 좀 차리자는 의도도 있었다. 그때만 해도 군 복무 경험이 내 인생을 통째로 바꿔놓을 줄은 꿈에도 생각지 못했다.

내가 배치받은 지역은 연평도였다. '연평도 포격 사건'의 그 섬 연평도다. 이곳에서 나를 가장 힘들게 했던 것은 엄격한 단체 생활도 군대 내 부조리도 아닌 녹물이었다. 부대의 모든 수도꼭지에서 나오는 물이 전부 녹물이었다. 이유는 정확히 알 수 없지만 외진 섬이라는 지역적 특성, 행정기관과 부대의 관리 부실이 빚은 그야말로 '환장의 콜라보'가 아니었을까 추측해 본다. 부대 내모든 인원이 그 물로 씻고, 밥을 지어 먹으며 생활해야했는데 아닌 게 아니라 급속도로 건강에 이상이 생기는것이 시시각각으로 생생하게 느껴질 정도였다. 그러던중 선임에게 걷어차인 정강이에 봉소염(피부밑 또는 근육이나 내장 주위의 결합 조직이 거친 부위에 생기는 급성 고름염)이 생기자 이대로는 더 이상 안 되겠다는 심경이었다. 그야말로궁지에 몰린 쥐가 되어 일단 어떻게든, 그러니까 서울의병원에 입원을 하든 어쩌든 섬을 벗어나서 이후의 일을도모하자는 생각밖에 들지 않았다. 이 얼토당토않은 작정은 간장 한 통을 한 번에 다 마신다거나, 정강이 골절을 목적으로 철제 의자를 있는 힘껏 발로 찬다거나, 절벽에서 구른다거나, 손등뼈를 돌로 내리치는 등의 기행으로 이어졌으나 그 어떤 행위로도 계획한 바를 이루지는못했다(절대 따라하지 마시길). 기껏해야 부대 내 응급실행이 전부였다. 그것도 간단한 처치로 하루면 끝나는 일탈이었다. 수험생 시절 하루 서너 시간의 수면과 늦깎이 벼락치기 공부를 든든하게 버텨준, 태생적으로 건강한 몸은 어느 곳 하나 쉽게 다쳐지지 않았다(얼마나 다행인 일인지. 다시 한 번 강조하지만 절대 따라하지 마시길).

그러는 사이 6개월이라는 시간이 지났다. 보다 상식적인 방법으로 섬을 벗어날 수 있는 시기가 다가오고 있었다. 그때 '잠수의무특수과' 모집 공고를 보았다. 조금만 더 기다리면 자연히 군함으로 재배치될 예정이었지만 1분 1초라도 빨리 섬을 벗어나고 싶다는 생각만 머릿속에 가득했던 나는 시험에 합격하면 육지 부대로 배치된다는 공고 내용을 보고 바로 훈련에 지원했고, 잠수 훈련을 받은 후로는 종종 바다에 나가 잠수를 하며 시간을 보냈다.

그렇게 전역만을 기다리던 중 내 동생 몬돌이가 세상을 떠났다. 아프지 않게 해주겠다는 다짐을 지키지 못한 채 허망하게 몬돌이를 떠나보내고 나는 살면서 처음으로 뼈아픈 후회를 했다. 대학 생활을 남들만큼만 했어도 몬돌이가 떠나는 날 곁은 지킬 수 있지 않았을까 하는 생각이 머릿속을 맴돌았다. 몬돌이가 처음 심장병 진단을 받았던 날의 감정과 다짐을 기억한 채 살았다면, 최소한 군대에서 이렇게 보내지는 않았을 텐데… 몬돌이를 잃은 슬픔은 시도 때도 없이 물밀 듯 밀려 왔다. 몬돌이의 죽음 이후 나는 수의사라는 직업 자체를 고민하기 시작했다. 몬돌이도 없는데 굳이 수의사가 되어야 하나? 다시 목표를 잃은 나는 이대로 부사관이 될까, 산업 잠수사가 될까 이리저리 무기력하게 흔들렸다.

유독 몸이 수면 아래 바닥으로 가라앉지 않고 떠오르던 날이었다. 그럴 때는 주변에서 주운 돌을 잠수복 안에 넣어 부력을 맞춰야 한다. 그날도 더 아래로 잠수하기 위해 적당한 돌을 골라 품 안에 넣고 있었다. 그 찰나 내 주변으로 작은 물고기들이 떼를 지어 거대한 구 형태를 이루는 광경을 보았다. 황홀한 순간이었다. 나는 잠시 훈련도 잊고 붉은 산호가 모여 있는 바닷속 작은 쉼터에 걸터앉아 자연이 주는 선물 같은 장면을 감상했다. 그런데 그 황홀경을 미처 다 소화하기도 전에 머리 위로 그림자가 지기 시작했다. 하늘에 먹구름이라도 끼는 건가 싶어 위를 올려다보니 새 수백 마리의 다리가 수면 아래로 내려오는 것이 아닌가. 떼를 지어 헤엄치는 물고기를 사냥하기 위해 모여든 새 떼였다. 바다 밑에서 바라보는 새 떼의 발길질과 날갯짓, 그 아래서 부단히 헤엄치는 물고기 떼… 살면서 본 그 어떤 것보다 경이롭고 강렬한 광경이었다. 나는 숨 쉬는 것도 잊은 채 자연이라는 연출자가 만들어낸 바닷속 공연을 넋을 잃고 바라보았다. 지금 앉아 있는 이곳이 바다 밑이라는 사실도, 공기통을 메고 있다는 사실도, 그러니 의식해서 숨을 들이마시고 내뱉어야 한다는 사실도 까맣게 잊을 정도의 경외감이었다. 결국 숨이 턱 끝까지 찬 뒤에야 겨우 숨을 세게 들이마셨다.

그렇게 몸에 산소를 집어넣고 있는데 바닷속 공연 제2막이 올랐다. 까맣게 어두워진 수면에 하나둘 구멍이 생기며 빛이 새어 들어오기 시작했고 어둠과 새 떼와 물고기 떼가 한순간에 흔적도 없이 사라져 버렸다. 순식간에 밝아진 하늘, 먹먹하고 고요한 바다, 내 숨소리마저 들리지 않는 멈춤의 순간이었다. 곧이어 깨끗하게 빈 머리 위의 수중 공간을 거대한 돌고래 떼가 헤엄쳐 지나갔다. 공연의 클라이맥스였다. 그때 어찌나 흥분했던지 심장박동 소리와 거친 호흡이 귓가에 크게 울릴 정도였다. 나는 그 믿을 수 없는 장면을 동료들에게 알리기 위해 호흡기까지 벗어 던지고 수중에서 소리를 지르기 시작했다. 그러나 인어가 아니고서야 내 목소리와 뜻이 제대로 전달될 리 없었다. 나는 황급히 수면으로 올라가면서도 지금의 이 환희와 황홀경을 어떻게 설명할지 고민했다. 하지만 가까스로 수면 위로 올라가니 돌고래를 사냥하겠다는 가소로운 목표를 세운 동료들의 손에는 무기가 들려 있을 뿐이었다.

그날은 쉬이 잠에 들지도 못했다. 기억이 조금이라도 희미해지는 게 싫었다. 나는 몇 분도 채 되지 않았던 그 순간의 장면을 반복해서 복기하며 밤을 지새웠다. 덕분에 수년이 지나 그때를 회상하며 글을 쓰는 지금까지도 어렵지 않게 그날의 감정을 돌이킬 수 있다. 이 기억은 나를 수의사로서 앞으로 나아가게 하는 데 오랜 동력이 되어주었다. 이런 경험을 한 이상, 앞으로의 진로는 개인적 선호나 연봉, 전망 같은 것을 따져서 정할 수 있는 것이 아니었다. 너무나도 당연하게, 계시라도 받은 것처럼 나는 돌고래가 있는, 그러니까 바다가 있는 곳에서 해양 동물들과 일해야만 했다. 몬돌이가 떠나면서 사라졌던 목표가 다시 생겨나고 있었다. 그때부터는 해양 동물 수의사로 일하기 위해 같은 일을 하고 있는 선배와 선생님들을 찾아가며 필요한 과정을 밟기 시작했다. 마침내 긴 방황을 마치고 길을 찾은 것이다. 그렇게 나는 제대 후 임상 실습을 마치고 수의사 면허를 취득함과 동시에 아쿠아리움 수의사로 경력을 시작하게 되었다.

카멜레온의 죽음

어느 정도 규모를 갖춘 아쿠아리움은 대개 육지 동물을 전시하는 실내 동물원과 함께 운영된다. 나의 첫 근무지도 다양한 수중 생물을 비롯해 펭귄을 포함한 조류, 원숭이와 나무늘보 등의 포유류를 폭넓게 다루는 시설이었다. 근무 초기, 이런저런 사정으로 사육사를 겸직할 때 나는 처음으로 파충류관을 배정받아 파충류 담당 사육사가 되었다. 그때부터 파충류 사육을 공부하기 시작했다. 담당 동물 배정과 동시에 지급받은 자료에 따르면 파충류 사육은 크게 어렵지 않아 보였다. '적절한 사육 환경과 영양분을 공급하고 소음 등의 스트레스 요인은 최대한 차단한다.' 지금 생각해 보면 파충류에게 적절한 사육 환경이 무엇인지, 파충류에게 적합한 영양분이 무엇인지는 제대로 알 수 없는, 엉터리 매뉴얼이었음에도 그때의 나는 자료를 쓰윽 훑어보고는 '어려울 것 없겠네' 하는 마음으로 파충류 사육을 덥석 시작했다. 그렇게 맞닥뜨린 현실의 벽은 당연하게도 높을 수밖에 없었다. 자연 상태가 아닌 실내 인공 환경에서 사육되는 대부분의 파충류는 주로 밀웜이나 귀뚜라미를 먹이로 공급받는다. 이때 필연적으로 부족한 영양분이 발생하기 때문에 필요한 영양제를 준비해 함께 급여해야 한다. 생존에 필수인 수분 공급도 개체나 종별로 선호하는 방식이 모두 다르다. 벽을 타고 흐르는 물방울을 좋아하는 종이 있는가 하면 물그릇에 담긴 물을 좋아하는 개체, 어떻게 주어도 물을 마시지 않아서 주사기로 물을 한 방울씩 입 안에 발라주어야 하는 개체도 있다.

그렇게 한 마리 한 마리의 특성을 몸으로 부딪치고 익혀가며 좁은 파충류 사육실에서 하루에 서너 시간을 보냈다. 하루 업무 시간의 절반 이상을 좁은 내실에서 지내다 보니 파충류에게 동기화라도 된 것인지 오래지 않아 안쪽으로 들려오는 작은 소음에도 무척 예민해지게 되었다. 전시 공간과 연결된 내실이라 관람객들이 유발하는 소음과 진동이 고스란히 전해지는 환경이었기에 더욱 신경이 곤두섰는지도 모르겠다. 물론 관람료를 내고 입장한 고마운 손님들이고, 아주 작은 소음까지 통제하는 것은 불가능했기 때문에 웬만한 소음에는 익숙해진 터였다. 하지만 손이나 소지품으로 파충류장을 두드리거나 플래시를 장 안쪽으로 비추는 행위가 반복될 때는 어쩔 수 없이 화가 치밀어 오르곤 했다.

사람들이 그다지 선호하지 않는 동물이라서인지, 파충류에 대해 잘못 알려진 사실이 많다. 시각과 후각에 비해 청각이 덜 발달했다는 오해가 대표적이다. 파충류도 종에 따라서 차이가 큰데, 동물원 등지에서 주로 사육되는 게코류는 생각보다 넓은 범위의 소리를 들을 수 있고 100데시벨 이상의 큰 소리에는 극심한 스트레스를 받는다. 제 꼬리를 스스로 잘라낼 정도로 스트레스를 받는 개체도 있다. 더불어 동물원의 파충류장은 대체로 어두운 조도를 유지하기 때문에 강렬하고 밝은 빛, 이를테면 휴대전화 플래시 같은 조명도 치명적인 스트레스를 유발한다. 이런 정보가 관람객에게 충분히 안내되지 않을 때가 많아서 가끔은 직접 내실 밖으로 나가 파충류가 소음과 빛에 얼마나 예민한지를 설명하고 당부의 말을 하기도 했는데, 그중 몇 번은 주의나 경고를 넘어 듣기 싫은 타박이 될 때도 있었다. 파충류관에서의 생활은 그런 아슬아슬한 나날의 연속이었다.

그러다 애써 돌보던 카멜레온 한 마리가 폐사하고 말았다. 나뭇가지 위에서는 긴 혀를 제대로 조준하지 못해 집게 같은 발가락으로 내 손을 꼭 부여잡고서야 겨우 눈앞의 먹이를 받아먹던 친구였다. 부끄럽지만 당시에는 파충류의 진찰이나 치료, 부검 등에 대해 잘 알지 못했기 때문에 다른 동물원에 근무하는 여러 수의사에게 염치없이 이것저것 물어가며 하루하루를 버티고 있었는데, 역시 그것만으로는 한계가 있었는지 극심한 탈수와 구내염을 앓던 카멜레온을 떠나보내게 되었다. 특히나 마음을 주었던 개체였기에 감정의 동요가 컸다. 그런데 바로 그날도 어김없이 전시장의 유리벽을 손으로 두드리는 관람객이 있었다. 그때 내 안의 무언가가 툭 끊겨버렸다. 결국 나는 그 순간의 감정을 다스리지 못하고 좁은 파충류장 안으로 머리를 집어넣은 채 유리를 두드리고 있는 중학생 또래의 관람객에게 화를 쏟아내고 말았다. 그 와중에도 다른 파충류들에게 피해를 입힐까 싶어 나는 소리를 내지 않은 채 여러 육두문자를 입모양으로 크게 뻐끔거렸다. 지금 돌아보면 생전 처음 보는 광경에 놀랐을 그 관람객에게는 미안한 마음이 든다. 어찌 보면 그 분노는 내 무지에 대한 울분과 안타까움, 먹먹함을 향한 것이었다. 스스로 반성하고 자기 발전에 칼을 갈아야 할 순간에 남에게 탓을 돌리다니. 어른으로서도, 직업인으로서도 해서는 안 될 짓이었다. 신입 수의사의 비겁한 하루는 그렇게 지나곤 했다.

꼬리 없는 알락꼬리여우원숭이

동물원 수의사로 근무하다 보면 생각보다 다양한 업무를 하게 된다. 동물의 진찰과 치료, 검진 등 수의 업무는 물론이고 적지 않은 행정 업무부터 동물원에 건물을 올리기 위해 도시계획을 손보는 일이나 학생이나 수의사들의 교육을 위한 행사 계획 수립, MOU 협약 등의 업무도 직접 진행한다. 가끔은 사육장을 설계하고 제작하는 일도 더해진다. 외부 전문가에게 의뢰해 만드는 사육장만큼 완벽하지는 않지만, 각 개체의 건강 특성에 맞는 공간이나 건강 검진 등 특수한 목적의 공간이 필요할 때는 수의사가 공간 설계를 자처하게 된다.

한번은 아쿠아리움 실내 동물원의 알락꼬리여우 원숭이 한 마리가 스트레스로 자해하는 일이 있었다. 치료를 위해 스트레스를 이완하는 약을 처방하고 자해로 상처가 난 부위를 주기적으로 드레싱해 주었지만 결국 꼬리가 괴사되어 떨어져 나가버렸다. 이름에서도 추측할 수 있듯, 그리고 인터넷 포털 사이트에 '알락꼬리여우원숭이'를 검색해 보면 바로 알 수 있듯, '알락꼬리'여우원숭이의 큰 외형적 특징은 선명한 줄무늬가 있는 풍성한 꼬리다.

일반적으로 동물원, 아쿠아리움 같은 동물 전시 시설에서는 정상에서 벗어난 개체의 전시를 꺼리는 경향이 있다. 최근에야 사회적 인식 변화와 함께 선천적·후천적 신체 이상을 가진 동물의 보호와 전시가 간간이 이루어지지만 당시만 해도 각 동물을 최고의 상태로 전시하는 일을 동물원이나 아쿠아리움의 최우선 과제로 여겼다. 그리하여 꼬리 없는 알락꼬리여우원숭이는 전시 불가 판정을 받게 되었다. 이 경우 담당 수의사는 해당 동물의 안락사 여부를 결정해야 한다. 동물원의 전시 불가능한 동물은 엄밀히 말해 존재 가치가 없는 개체이므로.

다행인지 불행인지 알락꼬리여우원숭이는 꽤나 비싼 값을 치르고 데려온 동물이었기에 윗선에서도 쉽사리 안락사를 강권하지 못했다. 그렇다고 꼬리는 없지만 비싼 알락꼬리여우원숭이를 그대로 방치할 수는 없는 노릇이라 아이를 다른 곳으로 보내기 위해 백방으로 수소문을 해야 했다. 그사이 그 알락꼬리여우원숭이는 인공조명이 뿜어내는 열기와 함께 작은 철창에 갇혀 겨우 밥만 먹으며 하루하루를 보냈다. 좁은 철창 안에서 꼬리가 잘려나간 환부의 상태는 계속 악화되었고 늘어난 스트레스는 설상가상으로 발가락도 가만두지 않게 만들었다.

자해의 정도가 날로 심해지는데 관리는 어려운 상황에서 꼬리 없는 알락꼬리여우원숭이를 받아줄 곳은 쉽게 나타나 주지 않았다. 이대로 발가락마저 잃고 밥도 제대로 먹지 못하게 되면, 틀림없이 그 자리에서 안락사 명령이 떨어질 것이다. 생각이 거기까지 이르자 가만있을 수 없었다. 무엇보다 자해의 근본 원인인 스트레스를 줄여주어야 했다. 나는 함께 근무하던 시설 직원에게 필요한 자재 비용을 묻고 하루에 30분 정도만 도와달라는 부탁으로 알락꼬리여우원숭이의 집 짓기를 시작했다.

다행히 예상보다 적은 비용으로 건물 옥상에 임시 거처를 만들 수 있었다. 인력도 나와 시설 직원 두 명이면 충분했다. 사실 사육장을 만드는 일은 사육사의 업무에 더 가깝다. 하지만 당시 인력 부족과 업무 과중이라는 명분을 앞세워 이런저런 업무를 회피하던 사육사 일부가 알락꼬리여우원숭이의 임시 거처 제작에도 반기를 들었다. 어려운 일도 아닌데 일이 진척될 기미가 보이지 않자 답답했던 내가 발 벗고 나서게 되었다. 내가 일을 벌인 후에야 내심 알락꼬리여우원숭이를 돕고 싶었던 몇몇 사육사가 시간을 내어 제작을 도와주었는데, 그들은 나를 도왔다는 이유만으로 선배들에게 혼이 나야 했다. 그 상황에 못내 마음이 편치 않았지만 당시에는 그런 사소한 일보다 알락꼬리여우원숭이가 최대한 안전하고 쾌적한 환경에서 지낼 수 있도록 하는 데에만 온 신경이 쏠려 있었다.

집 짓기는 생각보다 빠르게 진행되어 한 달이 채 되지 않아 옥상에 새 보금자리가 마련되었다. 선배들의 빈축에도 불구하고 끝까지 나를 도와준 사육사들이 알락꼬리여우원숭이의 습성에 맞춰 내부 공간도 근사하게 꾸며주었다. 그나마 풀이 있는 곳에 집을 놓고 위로는 비를 피할 수 있도록 방수천을 둘렀다. 얇은 철망 사이로는 시원한 바람이 드나들었다. 남들 눈에는 보잘것없을지 몰라도 내 눈에는 이전의 실내 사육장에 비하면 천지개벽 수준이었다. 동물을 위하는 마음만큼 장난기도 많은 사육사들은 새집으로 이사한 알락꼬리여우원숭이에게 꼬리가 없다는 뜻의 '노태일no tail'이라는 이름을 붙여주었다.

태일이는 이사 후에도 꼬리와 발가락 등 환부를 주기적으로 치료 받아야 했다. 그래서 치료를 맡은 나의 존재에 익숙해지도록 스트레스에 예민한 상태인 태일이를 위해 긍정 강화 훈련도 시작했다. 말이 훈련이지 내가 직접 손으로 사료를 먹여주는 일이 전부였는데, 지금 생각해 보면 내게는 태일이를 돌보며 가장 행복했던 순간이었다. 태일이가 차츰 마음을 열고 내 손바닥 위에 놓인 사료를 받아먹으며 내게 익숙해져 가는 모습을 보면서 무언가 용서받는 기분이 들었다. 점차 새로운 환경에 적응한 태일이의 발가락과 꼬리 상처도 천천히 호전되었다. 항상 짓물러 있던 환부에 보송하게 딱지가 앉았고 자해도 점점 줄었다.

　이렇게 한두 달 정도, 한 계절만 보내고 나면 완전히 회복되겠구나 싶어 마음을 놓으려던 차에 태일이가 가게 될 곳이 정해졌다는 소식이 들려왔다. 당시의 나는 동물 복지나 동물원의 사육 환경에 대해 지금처럼 깊이 고민하지 못했기에 법정 기준에서 벗어나지만 않는다면 큰 문제가 없으리라 생각했다. 그래서 태일이가 지낼 새로운 시설에 대해서도 별달리 궁금해하지 않았다. 추측건대 아마 다른 실내 동물원이었을 것이다. 야외 동물원이라 해도 국내 동물원의 평균적인 환경을 생각하면 태일이의 스트레스를 관리하고 환부가 완전히 회복할 수 있도록 신경 써주는 시설은 아니었으리라. 하지만 그때는 그저 태일이의 담당 사육사에게 "좋은 데로 보내는 거지? 잘됐지 뭐…" 하는 정도로 일을 마무리할 수밖에 없었다. 구체적인 걸 물었다가는 지나치게 현실적인 대답을 듣게 될까 두려워 더 이상 말을 잇지도 못했다. 그런 비겁한 외면으로, 새로운 곳에 잘 적응해 살 거라고 애써 스스로를 위안하며 태일이를 속절없이 떠나보냈다.

청주동물원으로 자리를 옮긴 지금에야 그때의 동물들을 돌이켜 본다. 그때 그 동물들을 지금 이 자리에서 만났다면 좋았으리라는 회한이 가장 크다. 의료 장비를 좀 더 갖춘, 실력 있는 수의사들의 도움을 받을 수 있는 여기에서는 그렇게 내버려 두지 않았을 텐데. 동물원의 모두가 합심해 적절한 처치를 해주고 더 좋은 환경에서 몸과 마음의 상처를 돌볼 수 있도록 애써 주었을 텐데.

지금의 청주동물원은 다치고 병든, 장애를 갖게 된 동물을 적어도 쓸모없어진 물건으로 취급하지는 않는다. 인식과 제도가 급변하고 있는 만큼, 곧 다른 동물 시설들도 이런 흐름에 동참해 주면 좋겠다. 아픈 존재에 대한 포용까지 배울 수 있는 공간, 이것이 오늘날 동물원의 또 다

른 존재 가치라고 나는 믿는다. 태일이도 그런 시설의 넓은 공간에서 따뜻한 햇볕과 시원한 바람을 맞으며, 내키지 않을 때는 사람들을 피해 내실에서 실컷 자면서 잘 지내다 가면 좋겠다. 다시 만나면 해주고 싶은 것이 많다.

카메라 앞에 선 수달

다양한 방송 매체가 촬영을 목적으로 동물원·아쿠아리움을 찾는다. 현재까지도 방영 중인 장수 프로그램이나 유튜브 콘텐츠 등을 생각하면 예나 지금이나 동물은 미디어에 매력적인 소재인가 보다. 지금 일하는 동물원에서는 촬영을 위해 동물의 사육 환경이나 상태를 인위적으로 조작하는 것을 금지하고 있는데, 과거에 근무했던 아쿠아리움은 사정이 달랐다. 동물 영상은 시설 홍보와 직결된 중요한 문제였고, 때로는 영상이 인위적이고 자극적일수록 영업이 되어 매출로 이어지기도 했다. 지금은 그나마 인식이 많이 개선되었지만 당시는 촬영

스태프가 동물사에 직접 들어가는 일도 당연시되었다. '그림이 될 만한' 영상을 위해서라면 동물의 불편쯤이야 중요하지 않았다. 안타깝게도 그렇게 촬영된 자극적인 영상은 백이면 백, 관심과 이목을 끌었고 비슷한 영상을 제작하는 여러 채널은 여전히 성공 가도를 달리고 있다.

언젠가는 수달을 촬영하겠다며 아쿠아리움으로 촬영팀이 찾아왔다. 귀여운 외모와 울음소리로 많은 이들에게 사랑받는 동물이니 수달을 찍고 싶어 하는 제작진이 이해되지 않는 것은 아니었다. 다만 아쿠아리움에서 지내던 작은발톱수달 중 두 마리가 틈만 나면 싸우던 당시의 상황이 문제였다. 수달을 좋아하는 사람이라도 수달이 싸우는 모습은 거의 본 적이 없을 것이다. 수달이 서로를 전력으로 공격하기 시작하면 목이나 겨드랑이 등 상대의 약한 부분을 세게 문 채로 물과 육지를 넘나든다. 강제로 둘을 떼어놓지 않으면 한쪽이 죽음에 이를 때까지 끝나지 않을 수도 있다.

때문에 서열 정리가 되지 않은 수달의 합사는 매우 신중하게 진행한다. 각 개체에게 분리된 공간을 제공하고 천천히 서로에게 익숙해지도록 충분히 시간을 들인다. 당시 우리도 비슷한 계획을 세우고 있었다. 시간과 공간 모두 충분했고, 서두를 이유가 전혀 없었다. 다만 이 소식이 방송 제작진의 귀에 들어간 것이 화근이었다. 수달의 다툼은 방송에서 자주 다뤄진 적 없는, 너무나도 매력적인 소재였다. 그 결과 수달의 안전과 건강을 한 번이라도 고려했다면 절대 내릴 수 없는 판단이 촬영진과 아쿠아리움 책임자를 통해 내려졌다.

제대로 된 은신처도 없는 한 공간에서 갑작스레 낯선 상대를 맞은 수달들은 오로지 '촬영을 위해' 혈투를 벌였다. 그 극적인 장면은 고스란히 화면에 담겼고 덕택에 홍보 효과를 톡톡히 보았다는 씁쓸한 소식을 뒤늦게 들었다. 그러나 그 이후 우리의 수달 합사 계획은 완전히 무산되었다. 싸움으로 입은 상처가 너무 커서 각자 치료와 회복에만 집중해도 적지 않은 시간이 소요될 터였다. 실제로 영상 속 수달이 몸을 완전히 회복하는 데는 수개월의 시간이 걸렸다. 10분도 채 안 되는 분량으로 사람들의 호기심과 즐거움을 충족시키기 위해 몇 개월의 고통과 불편을 감수하도록 동물을 내모는 결정이 정말 옳은 것이었는지, 여전히 의문이 남는다.

살아난 홍따오기

개장 초기의 아쿠아리움에는 하루가 멀다 하고 새로운 동물이 들어왔다. 그중에는 내가 제대로 진료를 할수 없는 종도 다수 포함되어 있었다. 특히 조류의 진찰과치료는 학부 수준의 수의학 과정에서 주요하게 다루는내용이 아니기에 더 애를 먹었던 기억이 있다. 대개 대학의 수의학과 조류 관련 강의는 흔히 '가금'으로 불리는닭이나 오리 같은 축산업 동물의 진단을 골자로 하고 그중에서도 전염병 진단을 중심으로 커리큘럼이 짜인다.어찌 보면 당연한 일이다. 그래서 증상이나 부검을 통해전염병을 진단하는 방법과 기술에 대해서는 배울 수 있지만, '치료 방법'에 대해서는 깊이 배울 수 없다. 나는 그런 상태로 심지어 닭, 오리와는 달라도 너무 다른, 어떻게 같은 범주에 들어갈 수 있는지조차 의심스러운 새들을 매일같이 새롭게 맞아야 했다. 해부학적 신체 구조도 정확히 파악하지 못한, 낯선 생명체가 매 순간 눈앞에 놓였다. 수의사로서의 자신감은 날로 떨어졌고 새로운 지식을 학습할 시간과 에너지는 턱없이 부족했다.

홍따오기도 그중 하나였다. 홍학과 비슷한 외견에 홍학의 절반도 되지 않는 크기. 언뜻 보기에는 귀엽고 사랑스러웠지만 먼 이동 거리와 아쿠아리움의 낯선 내실 환경 탓에 새로 들어온 홍따오기 십여 마리는 겁에 질릴 대로 질려 있었고, 그 결과는 처절한 몸부림으로 이어졌다. 제대로 된 진료가 진행될 수 없다는 사실을 이미 아는 듯한 윗선에서는 '물건이 잘 들어왔는지' 확인하는 수준의 업무 지시를 내렸다. 부족한 의료 장비와 내 지식에 불만이 쌓일 대로 쌓인 내 앞에는 괴로움과 두려움에 몸부림치다 실신한 홍따오기 한 마리가 놓여 있었다. 검사도 진단도 처치도 무엇 하나 명확히 할 수 없는 상황이었지만 그 와중에도 나는 손을 급히 놀려 낮고 좁은 수조에서 실신한 홍따오기를 건져냈다. 가슴에 귀를 가져다 대고 심장 소리를 확인하니 약하긴 하지만 아직은 심장이 뛰고 있었다. 순간 정신이 번뜩 들어 나는 곧 부러질 것 같은 홍따오기의 얇고 긴 다리를 양손으로 주무르기 시작했다.

이따금 홀로 응급 진료를 하다 보면 내 주변으로 둘러선 사람들의 추측 어린 시선이 느껴진다. 신기하게도 '죽겠구나' 혹은 '살겠구나' 하는 그 추측은 누구 하나 입 밖으로 꺼내지 않아도 주위 공간을 가득 메운다. 나도 다른 수의사가 응급 진료하는 모습을 지켜볼 때 무심코 결과에 대한 예상을 해버리는 경우가 많고, 말을 하지 않아도 그 생각이 고스란히 전해진다는 걸 깨닫고 난 후에는 따로 도움을 청하지 않으면 아예 다른 곳으로 이동해 필요한 도구나 약품을 챙기고는 한다.

그날은 죽음의 기운이 주변에 가득했다. 그런 분위기에서 실제로 홍따오기가 죽으면 내가 어찌해 볼 수 없는 일이었다고, 조류 진료법을 가르쳐주지 않은 학교와 열악한 환경을 탓하며 내 잘못이 아니라고 스스로를 위로하고 무마하게 될 터였다. 지금 돌이켜 보면 얼마나 부끄러운 일인지. 하지만 그 자리에 있던 모든 이의 예상을 깨고 홍따오기는 천천히 다시 살아났다. 감기던 눈이 뜨였고 눈동자에 초점과 생기가 돌아왔다. 몸을 완전히 가누지는 못했지만 회복의 징조는 완연했다. 나는 온열기 앞에서 마른 수건으로 홍따오기를 계속 마사지하며 바쁘게 손을 놀렸다. 체념의 기운에 잠식되어 있던 공간이 어느새 환희로 가득 찼고, 감격한 사람들이 나를 명의로 추켜세웠다.

그렇게 얼렁뚱땅 명의가 된 날, 그때의 부끄러움과 죄책감, 불안과 불만을 정면으로 직시하고 한 걸음 앞으로 나아갈 수 있었더라면 얼마나 좋았을까 하는 후회를 지금도 한다. 고맙게도 생을 더 이어가기로 해준 홍따오기를 통해 나의 무지와 자질 부족을 깨닫고 더 공부하고 배웠다면 좋았을 것이다. 그러나 그날의 나는 그저 어쩌다 한 번 찾아온 행운에 우쭐해진 채 쏟아지는 박수 갈채를 즐기기에 급급한 어리석은 수의사가 되고 말았다.

동물의 건강과 생명을 내 손으로 다루다 보면 환자의 삶과 죽음이라는 결과보다 수의사에게 더 중요한 것이 있다는 사실을 어렵지 않게 깨닫게 된다. 환자가 산다고 해서 내가 잘한 것도 아니고, 죽는다고 해서 그 책임이 무조건 내게 있는 것도 아니다. 수의사라면 삶과 죽음이 결정되는 그 순간에 후회와 부끄러움이 남지 않는 처치를 했는지 본인이 가장 잘 안다. 후회와 미련이 남는다면 앞으로는 그런 결과로 이어지지 않도록 부단히 노력해야 한다. 최선을 다했음에도 어찌할 수 없는 결과를 맞았다면 진정 최선의 처치였는지 계속 되뇌어야 한다. 내가 해야 하는 일은 하루하루 쌓여가는 수많은 삶과 죽음을 통해 내 진료의 불완전함을 발견하고 개선해 전보다 나은 진료를 하는 것뿐이다. 자만이나 죄책감, 비애에 취하기보다 부지런히 앞으로 나아가는 일만이 고마운 삶과 안타까운 죽음에 보답하는 길이다. 이 자명한 사실을 오랜 시간이 지난 지금에야 깨닫는다.

물범의 임신

동물원 수의사로 일하며 마주하는 가장 경이로운 순간은 바로 다종다양한 동물의 탄생을 지켜보는 시간일 것이다. 어느 날은 생각지도 못하게 허망한 이별을 하는가 하면 또 어떤 날에는 뜻밖에도 새로운 생명을 맞이한다. 이제는 개체 수가 무분별하게 늘지 않도록 대부분의 동물 시설이 관리를 하는 추세라 예상치 못한 분만은 어쩌면 누군가의 실수일 수 있지만, 그럼에도 새로운 생명 탄생의 순간을 지켜볼 때만큼은 감탄과 경이가 솟아오른다.

아쿠아리움의 개장과 동시에 새로 들어온 많은 수

중 생물 중에는 물범도 있었다. 물범에 대해 깊이 배운 적이 없었던 데다 치료 이력이나 건강 기록은커녕 정확하지 않은 추정 나이와 체중 등 최소한의 정보만으로 진료를 해야 했지만 다행히 대체로 건강 상태가 나쁘지 않아 처음에는 관리가 어렵지 않았다. 치주 질환이나 가벼운 피부 질환 치료가 대부분이었고 높은 수준의 진료 기술이나 의료 장비가 필요하지 않은 관리였기에 그럭저럭 잘 지내주는 물범들에게 고마울 따름이었다.

그러던 어느 날 담당 사육사에게 수조로 와서 물범의 상태를 좀 봐주면 좋겠다는 호출을 받았다. 어떤 동물이건 세심하게 살피고 작은 문제도 일찍 발견하는, 눈이 밝고 노련한 베테랑 사육사의 부름이어서 그날도 사소한 문제이겠거니 하는 생각으로 크게 걱정하지 않고 수조로 갔다. 내 눈에 문제가 있어 보이는 개체는 없었다. 물범들은 좁은 공간에서도 나름대로 자유롭게 유영하고 있었다. 나를 부른 담당 사육사가 물범 한 마리를 가리키며 배가 좀 부어오른 것 같다는 말을 하고 나서야 겨우 알아챌 수 있을 정도였다. 그 물범의 이름은 하트였다. 물범이 코로 숨을 내쉴 때면 콧구멍이 하트 모양으로 커지곤 하는데, 하트는 그 모양이 특히나 완벽해서 하트라는 이름을 얻었다. 하트의 몸이 이전보다 더 커진 것은 분명해 보였다. 할 수 있는 가정은 세 가지였다. 밥을 잘 먹어서 살이 쪘든지, 건강에 이상이 생겨 배 안쪽에 무언가 차올랐든지, 그게 아니라면 임신이든지.

확인이 필요했다. 담당 사육사와 나는 별다른 장비도 없이 물범 수조 앞에 서서 망진을 해야 했다. 최근에는 사료 급여를 늘리지도 않았고, 지방이 많은 사료는 질이 좋지 않아 애초에 먹이지 않고 있었다. 건강 이상을 가정하기에는 활력에 문제가 없었다. 사육사가 부르는 소리나 먹이에도 즉각적으로 반응했다. 남은 건 임신뿐인데… 하트는 그간 분만 이력이 없었고 아쿠아리움에 들어온 지 반년도 채 되지 않아 그사이에 임신을 했더라도 지금처럼 배가 부어오를 가능성은 적었다. 꽤 오랜 시간 최대한 살펴보았지만 결론은 계속해서 '알 수 없음'으로 향했다. 개체의 이상 행동이나 나빠진 상태를 숨기거나 거짓말을 하는 사육사도 있는데, 담당 사육사와는 신뢰가 깊어 증상의 원인을 찾는 데 필요한 정보를 있는 그대로 얻을 수 있어 다행이었다.

망진과 정보 조합, 추리만으로는 한계를 느껴 배변 상태도 확인하고 유영 시 배의 모양도 더 유심히 보았지만 여전히 오리무중이었다. 다만 물속에서 움직일 때 배의 모양이 정상적이지 않았다. 살이라면 출렁이거나 흘러내려야 하는데 물속에서 몸을 뒤집어 수영을 할 때도 부어오른 배의 모양이 변하지 않았다. 이물, 종양, 복수… 비정상적인 뭔가가 복강에 생긴 것이 분명했다. 그러나 그날까지도 하트의 식욕에는 이상이 없었다. 눈에 보일 만큼 몸에 문제가 생겼다면 식욕이 떨어져야 했고 임신이라면 식욕이 늘어야 했다. 그런데 하트의 먹이 섭취량은 계속 같았다. 평소와 다를 것 하나 없이 생활하는데 배만 불러가는 상황이었다.

아무리 생각해도 임신 가능성은 적었고, 결국 상태가 더 나빠지기 전에 자세한 검사가 필요하겠다는 판단이 섰다. 아쿠아리움에는 초음파나 엑스레이 기기가 없었기 때문에 복강 내 상태를 보려면 장비를 갖춘 서울의 동물원으로 하트를 데려가야 했다. 그곳의 수의사 선생님은 갑작스러웠을 내 연락에도 흔쾌히 내일이라도 데리고 오라며 나를 다독여 주었다. 이튿날 하트의 이송과 진료를 위해 조금 이른 시간에 출근해 물범 수조 쪽으로 가는 길이었다. 사육사들의 분위기가 심상치 않았다. 뭔가 큰일이 생겼다 싶어 발걸음을 재촉하는데, 하트가 새끼를 낳았다며 아기 물범을 건져 올릴 뜰채가 필요하다는 담당 사육사의 외침이 들렸다.

명백한 오진이었다. 하트의 이른 출산이 아니었다면 나는 그날 하트를 차에 태우고 다른 동물원에 가서 강제로 엑스레이나 초음파를 찍으려 했을 것이다. 하마터면 검사 중의 과한 스트레스로 하트와 하트의 아기가 모두 위험에 처할 뻔했다. 분리된 내실로 옮겨져 배내털을 바닥에 흩뿌리며 우렁차게 울고 있는 아기 물범을 보니 죄책감과 안도감이 동시에 밀려들었다. 우리는 애써 마음을 다잡으며 밤사이 홀로 산통으로 고생했을 하트를 내실로 유인해 아기와 함께하도록 해주었다. 그래도 무사히 출산해서 천만다행이라고만 생각하면서.

아기 물범의 탄생

하트의 출산 전까지는 실내에서 사육되던 물범의 출산 케이스가 국내에 전무했다. 물론 하트도 아쿠아리움으로 들어오기 전에 임신을 했을 테지만 어쨌든 국내 최초로 실내 사육장에서 아기 물범이 탄생한 것이다. 동물원과 아쿠아리움은 건강한 성체를 기준으로 모든 시설물을 제작하기 때문에 하트가 있던 물범 수조 역시 출산에 필요한 구조물이나 공간이 없었다. 타이밍이 조금이라도 맞지 않았다면, 하트의 출산이 몇 시간이라도 더 일찍 이루어졌다면 아기 물범이 뭍으로 헤엄쳐 나오지 못하고 물속에서 탈진하는 등의 응급 상황이 발생할 수도 있었다. 하트의 임신과 출산을 제대로 예측하지 못한 나 때문에 아기 물범까지 위험해질 뻔했다. 고맙게도 하트가 아쿠아리움 직원들이 출근하는 시간에 맞춰 아기를 낳아준 덕분에 아기 물범을 제때 물 밖으로 건져낼 수 있었다. 경험 없는 수의사 탓에 하트만 괜한 고생을 하는 것 같아 미안했고 두 물범이 기특하고 대견했다.

　　담당 사육사는 이런저런 생각들로 멍해진 채 내실에 우두커니 서 있는 나를 뒤로하고 서둘러 아기 물범을 마른 수건으로 닦아내기 시작했다. 그제야 정신이 든 나도 드라이기와 수건을 양손에 쥐고 아기 물범의 털을 말려주었다. 야생이 아닌 아쿠아리움 내실은 습기와 추위를 피할 곳이 없었고 아기 물범의 배내털은 성체의 털과 달리 습기와 추위로부터 몸을 보호해 주지 못한다. 출생 직후의 어린 개체는 사람이 만지지 않는 것이 불문율이지만 이 경우는 저체온증 위험을 줄이는 처치가 우선이었다. 우리는 급히 털의 물기를 제거한 뒤 바로 아기를 하트의 품 안으로 넣어주었다.

　　이후 아기를 돌보는 일은 온전히 하트의 몫이었

다. 하트와 아기 모두 육안으로는 건강했기에 우리는 일단 하트의 육아를 지켜보기로 했다. 첫째 날까지는 괜찮아 보였다. 아기 물범은 계속해서 엄마인 하트 주변을 맴돌면서 젖을 물리고 했고 하트 역시 젖을 물리려 애쓰는 모습이었다. 그러나 둘째 날부터 담당 사육사의 불안한 리포트가 시작되었다. 젖을 물리긴 하는데 젖이 나오지 않는 것 같다는 추측이었다. 셋째 날, 결국 사육사의 걱정은 현실이 되었다. 아기 물범의 체중이 줄었고 탈수가 온 듯 눈두덩이가 움푹 들어가 있었다. 이 상태가 길어진다면 아기 물범을 잃을 수도 있었다.

긴급 회의가 소집되었다. 초산인 하트의 수유 방식이 잘못된 것일 수도, 아기가 젖을 못 빠는 것일 수도, 젖을 물리고 빠는 데에는 문제가 없으나 젖이 안 나오는 것일 수도 있었다. 여러 가능성을 열어둔 채 각 상황에 맞는 대응책을 마련했다. 젖이 안 도는 것이라면 호르몬 주사가 필요했고 젖을 물리고 빠는 데 문제가 있다면 인공 포육을 고민해야 했다.

지금은 많이 나아졌지만 당시에는 수중 생물 진료

및 처치에 대한 정보가 턱없이 부족했다. 게다가 실내 사육 물범의 출산은 국내 최초였으니 물범의 수유를 위한 호르몬 주사 처치 사례가 있을 리 없었다. 나는 급한 대로 인근 동물병원을 수소문해 호르몬 주사제를 구해다 하트에게 처치했다. 그러나 호르몬제도 소용이 없었다. 하트의 젖이 나오지 않았다. 주사 처치를 고집하기에는 출생 직후부터 아무것도 못 먹었을 아기 물범에게 1분 1초가 아쉬운 상황이었다. 결국 인공 포육으로 방향을 틀고 다른 동물원에 근무하는 물범 전문 사육사의 도움을 받기로 했다. 조마조마한 마음으로 하룻밤을 겨우 넘기고 파견을 나와준 사육사에게 강아지용 분유로 아기 물범에게 맞는 분유를 타는 법과 젖병으로 수유하는 방법을 배워 아기에게 먹였다.

　　그러나 젖병 수유도 하트의 아기에게는 통하지 않았다. 분유가 코로 역류하고 사레만 들릴 뿐, 분유를 잘 먹지도, 체중이 늘지도 않았다. 하루하루가 살얼음판이었다. 작은 구멍이 뚫린 나무 조각을 입에 물려 구멍으로 가느다란 호스를 식도에 직접 넣어 수유하는 방법도 시도해 보았지만 입에 상처만 낼 뿐 통하지 않았다.

처음부터 무언가 완전히 잘못되었다고 판단한 담당 사육사는 내게 새끼 물범에 맞는 분유 제조법을 다시 알아봐 달라고 요청했다. 동시에 식도에 호스를 직접 연결하되 식도가 다치지 않도록 더 가늘고 부드러운 호스를 찾아 끝을 날카롭지 않게 가공했다. 위계질서가 강한 사육사 조직에서 윗선의 지시를 받아들이지 않고 다른 방법을 찾는다는 건 선배나 상사의 심기를 정면으로 거스르는 일이다. 하지만 이대로 아기 물범을 잃을지 모른다는 다급함 앞에서 인간들의 사정은 모두 무용한 것이었다.

어느샌가 사육사와 나는 아기 물범을 살리겠다는 목표만을 향해 달리고 있었다. 나는 외국의 해양 포유류 구조센터에서 수련한 경험이 있는 제주도의 선배 수의사에게 급히 조언을 구했다. 딱한 사정을 들은 선배가 바로 외국의 구조센터에 자문을 구해 해양 포유류에 맞는 분유 제조법을 전해주었다. 외국에서는 이미 해양 포유류의 인공 포육용 분유 제품이 시판되고 있는데, 내 간절한 요청을 들은 구조센터 직원이 10년 전 자료를 뒤져 분유 제조법을 따로 찾아준 것이다. 타국의 작은 아쿠아리움에서 태어난 아기 물범 한 마리를 위해 번거로움을 마다하지 않은 각지의 고마운 동료들 덕분에 열악한 환경에서도 이 일을 계속 할 수 있는지 모른다.

새로 얻은 분유 제조법은 원재료부터 크게 달랐다. 생선과 소금, 영양제, 휘핑크림을 넣고 갈아 만드는 방식이었다. 많은 이들의 수고와 정성이 담긴 분유와 호스로 우리는 다시 인공 포육을 시작했다. 인간의 경우와 마찬가지로, 동물의 세계에서도 육아에는 꼼수가 통하지 않는다. 정상 변과 평균적인 체중 증가 추이를 보이는 선에서 최대한 자주, 많이 먹이는 것만이 답이다. 그렇게 담당 사육사와 나의 고행길이 시작되었다. 두 사람이 교대로 두세 시간에 한 번씩 천천히 양을 늘려가며 분유를 만들고, 먹였다. 추가 수당도 없는 밤샘 근무가 며칠간 이어졌다.

날 때부터 어미의 젖을 먹지 못했고 며칠간이나 제대로 영양 공급을 받지 못했기에 언제 어떻게 응급 상황이 발생할지 몰라 쉽사리 마음을 놓을 수 없었다. 새벽까지 분유를 먹이고 서너 시간 쉴 틈이 생겼을 때도 나는 내실에 방수 매트를 펴고 하트와 아기 물범 사이에서 잠을 청했다. 그때는 내가 아빠 물범이라도 된 것 같았다.

하트의 담당 사육사는 이대로 아기가 탈 없이 잘 자란다면 아기의 이름을 내가 짓게 해주겠다고 약속했다. 나는 어쩐지 신이 나서 엄마인 하트의 이름을 따 아기의 이름을 '뽕뽕이'로 하겠다고 공언했다. 고맙게도 뽕뽕이는 문제없이 잘 자라주었다. 체중이 느는 속도나 추이도 좋았고 한 번에 먹는 양도 점차 많아졌다. 약 일주일간의 밤샘 근무 끝에 뽕뽕이의 응급 상황은 종료되었다. 마지막 밤샘 근무를 마치고 돌아가는 퇴근길이 뿌듯하면서도 조금 아쉽기까지 했다. 뽕뽕이는 곧 내실을 벗어나 전시 수조로 옮겨졌다. 사람에 대한 경계도 옅었고, 지내기에 좁은 내실보다 훨씬 나으리라는 판단이었다.

억지로 입을 벌려 호스를 물리고 수유를 해야 했기에 뽕뽕이가 자라면 자랄수록, 기운이 세질수록 나와 사육사의 장갑은 두꺼워졌다. 그런데도 가끔 손가락을 물려 유혈 사태가 발생하기도 했고 두 사람의 괴성이 내실에 난무하기도 했지만 약 한 달간의 물범 인공 포육은 행복한 기억으로만 남았다. 뽕뽕이가 분유와 이유식 단계를 넘어 처음으로 생선을 통째로 받아먹는 모습을 보았을 때의 감격과 설렘을 아직도 잊지 못한다.

섭섭하게도 뽕뽕이는 국내 사육 물범의 최초 번식 성공 케이스이라는 화려한 타이틀로 이름 공모를 받아 '여름이'라는 새 이름을 갖게 되었다. 나는 아쿠아리움을 그만두는 날까지 여름이를 뽕뽕이라 부르며 사람이 없는 시간을 틈타 물범 수조 앞에 섰다. 그러면 뽕뽕이는 멀리 있다가도 힘껏 헤엄쳐 내 앞으로 와주었다.

바다코끼리의 치과 수술

　　이름에 '코끼리'가 들어가 있는 만큼, 바다코끼리의 상징은 육지 코끼리의 상아와 비슷한 커다란 엄니다. 야생 상태의 바다코끼리는 1미터에 달하는 엄니를 가지기도 한다. 그러나 국내에서 실내 사육되는 바다코끼리에게는 엄니를 좀처럼 찾아볼 수 없다. 보기에는 멋지고 근사하지만 같은 공간에 있는 다른 개체에게 상해를 입힐 수 있고, 담당 사육사나 수의사에게도 큰 위험 요소가 되기 때문이다. 더구나 엄니에 문제가 생기면 생존 자체가 위험해질 수 있다. 이런 이유로 아쿠아리움의 바다코끼리는 모두 엄니가 잘리거나 갈려 있다.

안전을 위해서라지만 멀쩡한 신체 일부를 훼손하지 않고는 전시하기 어려운 동물이라면 굳이 실내 사육을 고집해야 하는가에 대한 의문이 남는다. 엄니를 갈거나 잘라내거나 발치한 바다코끼리가 그대로 건강하게 실내 생활을 유지할 수 있는지에 대해서도 나는 회의적이다. 야생의 바다코끼리에게 엄니는 먹이를 찾고 천적 등으로부터 자신과 무리를 보호하는 수단이자 도구다. 특히 해변에 가라앉아 있는 먹이 생물을 캘 때 유용하게 사용된다.

물론 위험 요소가 제거된 실내 사육 환경에서 엄니를 사용할 필요가 없도록 양질의 먹이를 공급하면서 적절한 건강 관리를 해준다면 엄니 발치가 효과적일 수는 있다. 문제는 실내 사육되는 바다코끼리의 엄니가 깨끗하게 발치되는 경우가 드물다는 데 있다. 대체로는 비전문가가 어설프게 절단해 치아 안쪽의 부드러운 조직인 치수가 드러난 채로 아쿠아리움에 들어온다. 운 좋게 치수가 드러나지 않도록 잘 절단된 경우라도 바다코끼리의 습성상 실내 바닥이나 인공 구조물에 절단된 엄니를 계속해서 부딪치기 때문에 시간이 지나면 치수가 외부로 노출되어 결국 이상이 생긴다. 절단면을 보호하는 덮개를 씌우는 임시 처방을 하는 곳도 있는데, 이 덮개를 삼켜버리면 바로 응급·싱황이 되기 때문에 이 또한 좋은 방법이 아니다.

내가 일하던 아쿠아리움의 바다코끼리도 엄니가 절단된 채로 들어와 사육되었다. 다행히 절단면이 깨끗하고 치수도 드러나지 않은 상태였지만 역시나 시간이 지날수록 마모가 진행되어 결국 치수가 외부로 노출되었다. 그때부터는 엄니 근처에 손을 가져가기만 해도 통증을 호소했고 치수를 통한 감염으로 눈 밑까지 농양이 차오르는 지경에 이르렀다. 원래대로라면 1미터 이상으로 자라는 이빨이기 때문에 뿌리도 깊고 큰 편인데, 잇몸 아래의 그 넓은 면적에 염증이 심해지면 고름이 잇몸과 피부를 뚫고 증식하기도 한다.

나는 결국 바다코끼리의 엄니 완전 발치가 필요하다는 진단을 내렸다. 그 진단과 동시에 넘어야 할 산이 눈앞에 첩첩이 펼쳐졌다. 첫 번째는 마취였다. 당시 국내에서 해양 포유류 마취에 성공한 사례가 거의 없었다. 500킬로그램이 넘는 거대한 바다코끼리를 마취하고 발치할 전문가가 국내에는 없었다. 나는 다시 제주도에 있는 선배 수의사의 도움을 받아 외국의 바다코끼리 발치 전문가에게 수술을 청했다. 물론 계약을 맺고 그들을 데려와 수술을 하게 하는 데 드는 비용이 만만치 않아 상부의 승인을 받는 과정에서도 적지 않은 부침이 있었지만, 바다코끼리의 경제적·상징적 가치를 인정받아 걱정했던 것보다는 수월하게 계약을 진행할 수 있었다.

전문가가 온다고 해도 남은 산이 있었다. 500킬로그램이 넘는 마취된 바다코끼리를 이동시킬 수단, 바다코끼리를 올려놓을 수술대와 수술 장비를 준비해야 했다. 담당 사육사는 먼저 바다코끼리를 올려놓을 수술대를 만들기 위한 목공 작업에 착수했다. 나는 청계천으로 출장을 나갔다. 해양 포유류의 수술이었기에 최대한 물기를 닦아낸다고 해도 수술실에서 습기를 완전히 제거하기란 불가능했다. 때문에 감전 사고 예방을 위해 전기로 작동하는 수술 장비는 사용할 수 없었다. 영국에서 오기로 한 전문가들은 공기압으로 작동하는 장비를 사용한다고 했다. 그들이 일부 장비와 수술 도구를 가져오겠지만 그것들을 제대로 작동시키기 위한 연결 장치와 컴프레서(압축기)는 우리가 따로 준비해야 했다. 나는 목공일에 경험이 있는 사육사와 청계천 일대를 돌며 필요한 모든 장비를 구했다. 영국의 수의사에게 두 번씩 확인을 받고서도 마음이 놓이지 않아 같은 기구를 한 세트씩 여분으로 더 구입하는 것으로 수술 준비를 마쳤다.

수술 전 날, 영국에서 갓 입국한 수의사들과 반갑게 인사를 나누고 걱정 가득한 마음으로 잠을 설치며 수술 날을 맞았다. 급한 마음 때문이었을까 그날따라 하필 출근길에 작은 사고가 있었다. 자전거로 출근하는 중에 골목에서 나오는 화물차를 미처 보지 못해 급정거를 하다 넘어져 버린 것이다. 앞으로 미끄러져 나간 자전거는 그대로 화물차 바퀴에 깔렸고 나는 다행히 그 직전에 바닥으로 떨어져 큰 화를 면했다. 그때는 크게 다친 곳도 없(다고 생각했)었고, 중대사가 있는 날이니 이것으로 액땜이나 되면 좋겠다는 마음으로 별생각 없이 구겨진 자전

거 바퀴를 대충 펴서 다시 달렸다. 당시 내 머릿속은 온통 바다코끼리의 수술뿐이었다. 아쿠아리움에 도착해서는 영국에서 온 장비가 문제없이 연결되는지, 작동하는지를 다시 살폈다. 수술을 위해 달려와 준 영국의 수의사 팀부터 이 수술을 견학하기 위해 일본에서 건너온 수의사와 인근 동물원의 수의사들까지 수술실은 인산인해였다.

　　수술실에서 나의 역할은 수술이 진행되는 동안 집도의들이 수월하게 양쪽의 엄니 뿌리를 제거할 수 있도록 마취된 바다코끼리의 머리를 받치고 입을 벌려주는 것이었다. 간단한 일이라고만 생각했는데 수술이 시작되고 나서야 틀린 생각임을 알았다. 축 늘어진 바다코끼리의 머리가 생각보다 무거웠고 바다코끼리의 기도에 삽관된 튜브가 빠지지 않도록 줄을 계속해서 고정하느라 손이 아파왔다. 보조 수준의 일이었지만 내가 어떻게 하느냐에 따라 수술 결과나 시간이 달라질 수 있다고 생각하니 나도 모르게 몸에 힘이 잔뜩 들어갔다. 수술 시간이 길어지면서 어느 순간부터 온몸에 식은땀이 흐르기 시작했다. 긴장한 탓인지 이상하게도 왼쪽 갈비뼈 한

쪽이 유난히 더 아픈 느낌이었다. 통증 탓에 나도 모르게 손에 힘이 빠졌는데 그때마다 집도의의 손도 멈추었다.

결국 이상한 낌새를 알아차린 다른 동물원의 수의사가 잠시 수술을 중단하자고 했다. 모두가 바다코끼리의 엄니에 집중하고 있던 중에도 한 수의사가 나의 컨디션 이상을 감지한 것이다. 아무래도 아픈 동물을 자주 곁에서 지켜보는 일을 하다 보니 나조차도 애써 외면하고 있던 극심한 통증이 그의 눈에 들어온 것 같다. 덕분에 나는 나의 이상 상태를 감지해 준 그 수의사에게 손을 넘기고 잠시 수술 현장에서 나올 수 있었다. 수술실을 벗어나자 참았던 통증이 더욱 극심해졌다. 다행히 발치는 모두 완료되어 봉합과 마무리만 남은 상황이었기에 나는 다른 이들의 눈에 띄지 않게 조용히 병원으로 향했다. 통증이 심상치 않다 싶더니 갈비뼈 골절이었다. 아침의 작은 사고와 수술실에서의 과도한 긴장, 장시간의 수술 지원이 겹친 결과인 듯싶었다. 당장 수술실에 나를 대신해줄 인력이 없었다면 어땠을지를 생각하니 가슴이 철렁 내려앉았다. 스스로를 한심해하며 패잔병처럼 현장으로 돌아가니 바다코끼리는 수술을 잘 마치고 회복 중이었다. 수술 통증은 한동안 계속되겠지만 약만 잘 먹는다면 관리가 가능했고 무엇보다 지긋지긋했을 양 볼의 염증과 치통도 영영 안녕이었다. 치통 때문에 못 먹을 일도 이제는 없을 것이다. 비록 내 갈비뼈에는 금이 갔지만 마음만은 홀가분했다.

비버의 죽음

동물원이나 아쿠아리움에서 구입한 동물이 새로 들어올 때는 그 수가 많을수록 다쳐서 들어오는 개체가 많다. 수가 많으니 비율상 다치는 동물의 수도 많은 것이라 단순하게 생각할 수도 있지만 실상은 문제가 더 복잡하다. 동물원에 수급되는 야생동물은 각 나라의 중개상을 통해 거래가 이루어진다. 우리나라 중개상이 각 동물원과 아쿠아리움에 필요한 동물의 수를 조사, 취합해 외국의 판매상에게 알리고, 그 만큼의 수량이 준비되면 계약과 거래 절차를 거쳐 동물이 우리나라로 들어오게 된다.

이때 수요는 많지만 수급은 어려운 동물을 거래하는 중개상은 이동 비용을 줄이기 위해 한 케이지당 최대한의 동물을 넣어 국내로 반입한다. 사육되던 동물이든 야생의 동물이든 동물 입장에서는 어느 날 갑자기 포획당해 좁은 케이지에 억지로 욱여넣어지고, 밀도가 한계치에 다다른 답답한 공간에서 낯선 개체와 바짝 붙어 기나긴 이동 시간을 견뎌야 한다. 단기간에 스트레스 정도가 극심해질 수밖에 없는 과정이다. 그때 이동 중의 스트레스를 스스로 소화하지 못하면 옆의 개체에게 그 스트레스를 풀게 된다.

나는 아쿠아리움에 처음 비버가 들어오던 날 이 사실을 알게 되었다. 기다리던 동물이었기에 저녁까지 연장 근무를 하며 비버를 맞았다. 그러나 반가운 내 마음과는 달리 오랜 이동 시간과 케이지 환경에 지칠 대로 지친 비버들은 불안과 당황으로 바짝 긴장해 있었고 개중에는 응급 처치가 필요할 정도로 상태가 위중한 개체도 있었다. 특히 상태가 나빠 보이는 비버를 들어 올리기 위해 등 부위에 손을 가져다 대자 손끝에 바로 상처가 느껴졌다. 한두 개의 상처인 줄로만 알고 먼저 상처 주변의 털을 미는데 털이 깎이는 자리마다 새로운 상처가 발견되었다. 결국 비버는 등의 털을 거의 다 밀린 채로 수십 개의 상처를 드러냈다. 이동 중 간은 케이지의 비버늘에게 물어뜯긴 교상이었다.

그러나 심각한 교상을 입은 비버의 곁에는 새로 개장한 지 얼마 되지 않아 쓸 만한 의료 장비나 약품을 구비하지 못한 아쿠아리움의 신입 수의사 한 명이 전부였다. 지금 생각하면 상처를 처치하겠답시고 냅다 털을 민 것부터가 잘못이었다. 삭모가 필요하기는 했으나 삭모에 따른 탈수와 체온 저하, 출혈 등을 고려해야 했다. 그러나 나는 별다른 내과 처치를 하지 않고 눈에 보이는 상처를 치료하는 데만 몰두했다. 봉합이 불가능했기에 설탕 요법으로 가닥을 잡고 인근 약국과 슈퍼에서 사 온 소독약과 백설탕으로 상처를 하나하나 소독하고 설탕을 채워 넣었다. 상처가 어찌나 많던지 꽤 오랜 시간이 걸렸다. 그래도 이대로 상처가 잘 아물어준다면 문제없겠다는 내심 뿌듯한 마음으로 허리를 폈다. 하지만 내가 마주한 것은 이미 숨을 거둔 비버였다.

처치를 시작하며 들었던 비버의 신음 소리가 점차 잦아들 때, 치료에 적응하는 줄로만 알았는데 그게 아니었다. 비버는 내 손안에서 서서히 죽어가고 있었다. 바보 같은 수의사는 그 작은 심장이 멈추고 있다는 사실은 까맣게 모른 채 상처 위로 재게 손을 놀리기 바빴다. 자책감과 좌절감이 물밀 듯 밀려들었다. 예상치 못했기에 더 충격이 컸다. 비버의 죽음 자체를 인지하고 인정하기까지도 상당한 시간이 걸렸고 결과를 겨우 받아들임과 동시에 눈물이 고였다.

나는 마음을 다 추스르지도 못하고 결과를 상부에 보고했다. 그러자 들려온 대답은 뜻밖에도 "고생했다. 곧 다른 새 비버로 교환될 것이니 너무 마음 쓰지 마라"였다. 아마도 나름대로는 신입 직원을 격려하기 위해 한 위로의 말이었을 것이다. 심지어 그 말은 조금 효과가 있었다. 부끄럽게도 어린 마음에 죄책감을 조금 덜어낼 수 있었다. 그러나 그때 느꼈던 꺼림칙함과 씁쓸함이 지금도 마음에 가시처럼 남아 나를 괴롭힌다.

동물 중개상과 판매상에게 동물은 그들의 상품이기에 상품 배송 중, 혹은 배송의 여파로 동물이 폐사하게 되면 판매상은 다른 상품으로 교환해 주어야 할 의무가 있다. 이 같은 계약 조항은 중개인이 교환분을 대비해 더 많은 수의 동물을 무리하게 반입하는 이유가 되고, 그렇게 케이지 내 밀도가 높아지면 이동 중 부상이나 폐사 가능성은 더 커진다. 악순환이다. 심지어 이동 중 부상이 발생하지 않으면 교환 보상분으로 넉넉하게 들여온 여분의 동물이 갈 곳을 찾지 못하는 상황이 벌어지기도 한다. 이 갈 곳 없는 여분의 동물을 처분하기 위해 최소한의 조건도 갖추지 않은 엉터리 동물원을 우후죽순 만들고, 그런 시설에서 동물을 보관만 하다가 수요가 생기면 헐값에 떠넘기는 기나긴 악순환이 그렇게 반복된다.

다행히 최근 동물원·수족관법 제정으로 일정 수준의 환경을 갖춘 곳만이 동물원 개장 허가를 받을 수 있게 되었다. 그동안 동물권 인식의 변화, 동물원 업계 관련자들의 노력 덕분에 마구잡이식으로 야생동물을 구입하는 분위기도 대체로 사라졌다. 그럼에도 여전히 자행

되는 야생동물 거래 이야기를 멀리서 들을 때마다 나는 비버의 죽음을 떠올린다. 내 손안에서 힘없이 꺼져간 숨을. 그토록 생생하게 손안에 남은 좌절감과 슬픔, 분노와 후회를.

눈병 걸린 바이칼물범

아쿠아리움 바이칼물범의 눈동자에 하얀 반점이 생겼다. 개 혹은 고양이 환자가 많은 일반 동물병원에서는 환자의 몸을 수건으로 말아 고정시킨 후 조용하고 어두운 공간에서 안과 진료를 하고, 공격성이 높은 경우에는 입마개를 사용하기도 한다. 안구를 비교적 장시간 안정된 환경에서 살펴야 하므로 몸과 머리를 완전히 고정하는 일이 반드시 선행되어야 한다. 이 과정을 '보정'이라고 하는데, 동물원이나 아쿠아리움에서는 안과 진료를 위한 보정을 하기가 몹시 어렵다. 동물들의 몸 크기가 모두 제각각이고 공격성이나 위험성 정도도 저마다

극단적으로 다르기 때문이다.

바이칼물범은 물범과의 다른 종보다 크기가 훨씬 작은 편이지만 꽤 날카로운 이빨을 가졌다. 1.3미터 길이의 어린아이만 한 체구라도 안전한 보정을 위해서는 두세 명의 사육사가 달라붙어야 한다. 그렇게 해도 머리까지 보정하기란 여간 어려운 일이 아니었다. 안구를 잠시나마 자세히 보는 몇 초간의 찰나도 물범은 참아주지 않았다. 여러모로 마취 없이는 본격적인 안과 진료가 어렵겠다는 판단이 들었다. 문제는 마취의 위험성을 감수할 만큼 상태가 심각해 보이지는 않는다는 점이었다. 증상의 원인을 알아내기만 한다면 안약이나 내복약 처방 정도로 치료할 수 있을 것 같았다. 어찌어찌 힘겹게 안구 사진을 찍어 안과 수의사에게 자문을 구하니 곰팡이성 질환으로 보인다는 소견을 주었다.

더 이상의 정확한 진료가 어려운 상황이었으므로 우선 곰팡이성 질환에 초점을 맞추고 치료를 시작하려 했다. 그런데 동물병원과 제약사를 아무리 수소문해도 물범의 곰팡이성 안구 질환에 딱 맞는 안약을 구할 수가 없었다. 거기서 멈췄어야 했는데, 열악한 환경을 어떻게든 헤쳐온 오기가 발동해 버리고 말았다. 나는 생각 없이 곰팡이성 질환용 내복약을 약사발에 갈기 시작했다. 한 시간 정도 공이를 문지르고 나니 약은 내가 본 중에 가장 고운 입자가 되었다. 나는 그것을 생리식염수에 조심스럽게 섞었다. 가루약은 흔적도 없이 식염수에 녹아들었다.

　지금 떠올리니 너무나 바보 같지만 그때는 어쩌면 그것이 해결책이 될지도 모르겠다고 생각했다. 일단 새로 만든 안약을 시험해 볼 대상이 필요했다. 약효가 없더라도 신체에 무해한지 정도는 확인해야 했다. 나는 무심코 그 액체를 내 눈에 한 방울 떨어트렸다. 액체가 안구에 닿은 지 몇 초 지나지 않아 눈앞이 뿌예지더니 통증이 일었다. 나는 바로 생리식염수로 안구를 다시 씻어냈다. 통증은 금세 가라앉았지만 흰자위가 새빨갛게 충혈되고 말았다. 내 눈이어서 다행이었다. 하마터면 큰일 날 뻔했다. 나는 가슴을 쓸어내리며 바이칼물범에게는 일반 범용 안약을 처방하고 퇴근길에 안과에 들러 인간을 위한 안약을 처방 받았다. 다행히도 내 눈의 회복과 동시에 바이칼물범의 눈동자에 생겼던 하얀 반점도 대부분 사라졌다. 무식해서 용감했던 초보 수의사의 위험천만한 일상이 또 한 번 그렇게 지났다.

사람 의약품도 그렇지만 동물 의약품도 외국에서는 어렵지 않게 사용하는 제품을 국내에서 구할 수 없는 상황을 자주 경험한다. 생리학적으로 완전히 다른 종의 특성에 맞춰 나온 약품이라도 국내에서는 쉬이 적용할 수 없는 실정이다. 외국의 야생에서 사는 동물을 데려다 전시하고는 있는데, 그 동물을 치료하기 위한 의약품은 사용할 수 없어 진료에 한계가 생기기도 한다. 적어도 특수 동물 진료에 필요한 약들은 제한적으로나마 쓸 수 있으면 좋겠지만 아직은 갈 길이 멀다.

작은발톱수달의 청진기 훈련

언젠가 동물원에서 가장 좋아하는 동물이 무엇이냐는 질문을 받았다. 동물원 수의사로서 어떤 동물도 편애해서는 안 될 것 같은 의무감에 말로는 "특정 동물을 더 좋아하지는 않는다"라고 대답하면서도 머릿속으로는 나도 모르게 수달을 떠올렸다. 아쿠아리움 근무 시절 함께 추억을 쌓기도 했고, 또 안타깝게 떠나보낸 경험도 있는지라 수달을 생각하면 애틋한 마음이 든다.

개인적인 사연이 아니라도 수달은 정말 매력적인 동물이다. 특히 내가 아쿠아리움에서 처음 만났던 작은발톱수달은 지금의 동물원에 있는 유라시아수달보다 크기도 작고, 이름에서 유추할 수 있듯 아주 작은 발톱을 지니고 있어서 귀여움이 더욱 돋보인다. 외형도 깜찍하지만 소리와 행동은 그보다 더 귀엽다. 구조물이나 장난감에 언제나 깊은 관심을 보이는 호기심 많은 수달은 앞발도 요리조리 잘 쓰고 원하는 게 있으면 작은 울음소리로 자신의 의사를 잘도 표현한다. 아쿠아리움 시절 그런 작은발톱수달에게 '삐약이'라는 애칭을 붙여주었을 정도다. 먹이를 먹으면서도 연신 삐약 소리를 내고 입안 가득 먹이를 물고서도 바닥을 뒤적이는 짧고 뚱뚱한 앞발을 보고 있으면 시간 가는 줄 몰랐다.

그렇게 수달을 가까이서 지켜볼 수 있었던 건 메디컬 트레이닝 덕이 컸다. 여느 야생동물과 마찬가지로 수달도 접근이 쉬운 동물은 아니기 때문에 큰 스트레스 없이 진료와 처치를 받을 수 있도록 수의사인 내가 가까이에서 청진과 체중 측정 등을 하는 것을 목표로 사육사 동반하에 내실에서 여러 마리의 수달과 편안한 시간을 보냈다. 그렇게 메디컬 트레이닝을 일정 시간 진행한 후 훈련의 성과를 확인하기 위해 청진을 시도해 보기로 했다.

　　사육사와 함께 수달사 내실로 들어가 정신없이 밥을 먹고 있는 수달 여럿을 잠시 지켜보다가 훈련이 잘된 한두 마리를 제외한 수달들을 전시장으로 내보냈다. 먼저 사육사가 내게 청진기를 받아 수달 한 마리 앞으로 조심스레 가져갔다. 그러자 신기하게도 두 뒷발로 일어선 수달이 앞발로 동그란 청진판을 꼭 잡고 자신의 가슴에 가져다 대는 게 아닌가. 그 사랑스러운 모습에 나도 모르게 웃음이 났다. 사육사는 훈련이 잘된 것인지 어리둥절한 표정으로 나를 바라보았고, 수달은 얼른 칭찬과 먹이를 달라는 표정으로 청진판을 가슴으로 꼭 끌어안았다. 나는 애써 평정을 찾고 청진기의 귀꽂이를 귀에 가져다 댔다. 그러나 자꾸만 청진판을 제 가슴에 비비는 수달 때문에 귓속에는 심장음이 아닌 마찰음만 가득 들려왔다. '그러니까 네가 직접 청진판을 들어주지는 않아도 되는데 말이야…' 지나치게 협조적이어서 문제인 환자였다.

　　결국 사육사의 도움을 받아 먹이로 수달의 시선을 돌리고 내가 청진판을 가져다 대기로 했다. 하지만 수달

은 먹이에 정신이 팔려 있다가도 청진판을 그 앞으로 가까이 가져가면 작은 두 앞발로 청진판을 꼭 끌어안고 가슴에 문질렀다. 그 깜찍함에 몇 번이고 내적 고함을 지른 후에야 겨우 내 손으로 청진판을 잡고 수달의 심장음을 들을 수 있었다. 다행히 작은 몸 안의 심장은 건강하게 잘 뛰고 있었고 나는 기쁜 마음으로 검진 결과를 사육사에게 들려줄 수 있었다. 우여곡절 끝에 검진을 마치고 내실을 나오면서 순수한 행복을 느꼈다. 동물과 함께 일하는 즐거움이 다른 데 있는 게 아니구나 싶었다.

청주동물원의 유라시아수달은 작은발톱수달과는 또 다른 매력이 있다. 아쿠아리움의 수달과 다르게 동물원의 수달은 흙과 풀이 자라는 작은 들판에서 생활한다. 들판이 수달사 겸 전시장 역할을 하는 셈인데 조금은 둔한 몸짓으로 들판 구석구석을 폴짝폴짝 누비는 유라시아수달을 볼 때마다 마음이 흐뭇해진다. 그러다 사람을 발견하면 먹이를 들고 있지 않아도 호기심 가득한 눈으로 잠시 응시하다가 다시 제 갈 길을 찾아 떠난다. 물속에서 신나게 놀다가도 내가 다가가

면 한 번씩 뭍으로 나와 눈을 마주쳐 주고 냄새를 한 번
킁 맡고서는 쪼르르 놀러 가는 모습을 볼 때면 나는 다시
충만한 행복을 느낀다.

재규어와의 인연

　세상이 참 좁다고, 어디서 어떻게 다시 만날지 모르는 인연이니 덕을 쌓아야 한다고들 한다. 사람보다 동물을 더 자주 만나는 일을 하면서 '인연'이 동물과 인간 사이에서도 통하는 말이라는 걸 알게 되었다. 방송이나 언론 기사에서 접하며 멀게만 느꼈던 동물이 내가 일하는 동물원으로 들어오기도 하고, 짧게 스치듯 만났던 동물을 전혀 다른 장소에서 마주치기도 한다. 그중 가장 기억에 남는 동물이 있다. 바로 재규어 잭이다.

　잭은 아쿠아리움의 실내 동물원에 사육되던 재규어 한 쌍 사이에서 태어났다. 당시 재규어 두 마리가 지내던 내실은 천장의 창문으로 희미하게 들어오는 햇빛과 지하로 연결된 통풍구에서 불어오는 바람이 느낄 수 있는 실외 환경의 전부였다. 당시만 해도 경력 없는 수의사였던 나는 동물원 시설이 다 비슷하겠거니, 이 정도면 충분하겠거니 생각할 수밖에 없었고, 암컷 재규어가 임신한 것 같다는 말을 듣자 어쨌든 환경이 나쁘지 않으니 임신도 하는 것 아니겠냐고 내 생각을 정당화하기 바빴다.

암컷 재규어의 배가 점차 불러오고, 먹는 양과 행동 양상이 조금씩 변하는 것이 눈에 보이자 정말 임신이 맞는지 확진이 필요했다. 그러나 아쿠아리움에는 임신 진단에 필요한 의료 장비가 없었고, 무엇보다 동물병원으로 등록되어 있지 않았기 때문에 다른 수의사의 도움 없이는 진료에 필요한 마취도 진행할 수 없었다. 이런 사정을 상부에 설명해 보았지만 어떻게든 일단 지금 상황에서 가능한 방법으로 임신 여부를 판단해 보라는 대답만 돌아왔다.

결국 궁여지책으로 논문을 뒤지다 동물의 분변으

로 배출되는 호르몬을 통해 임신 여부나 발정 주기를 예상할 수 있다는 내용을 확인하고는 재규어의 분변을 손에 든 채 내가 졸업한 대학의 수생동물 연구실을 찾았다. 아쿠아리움에서 일하기 전부터 많은 도움을 주었던 교수님이 이번에도 호르몬 측정에 필요한 장비와 시료 사용을 흔쾌히 허락해 주어 나는 한두 달간 일주일 간격으로 재규어의 분변을 들고 학교를 찾았다.

심한 악취가 나는 재규어의 분변을 대학 연구실에서 꺼낼 때마다 다른 연구원들에게 어찌나 미안하던지. 내가 전처리를 해둔 채 일정상 미처 마무리하지 못한 검사를 당시 대학원생이었던 후배(지금은 어엿한 교수가 되어 국내 수생동물 수의학의 저변을 넓히고 있다)가 대신해 주기도 했다. 이런저런 도움으로 겨우 재규어의 호르몬 수치 변화 추이를 확인하고 임신을 확진할 수 있었다. 여전히 초음파 검사 등이 불가능했기 때문에 백 퍼센트 확신할 수는 없었지만 호르몬 수치를 토대로 담당 사육사와 임신 기간 등을 추적해 분만 예정일을 잡을 수 있었다. 다행히 재규어는 분만 예정일 일주일 전에 새끼를 낳았다. 진료 환경은 열악하기 그지없었지만 그래도 크게 틀리지는 않았다는 생각에 나는 그제야 가슴을 쓸어내렸다.

예상보다 일주일 이른 재규어의 분만 소식으로 아쿠아리움은 다시 소란스러워졌다. 암컷 재규어가 초산이었기에 새끼를 무사히 출산할지, 태어난 새끼를 잘 돌볼지 예측할 수 없었기 때문이다. 분만은 밤늦게 이루어졌고, 이른 아침에 확인했을 때 안타깝게도 세 마리 중한 마리는 이미 움직임이 없는 상태였다. 남은 두 마리는 다행히 어미의 젖을 찾아 분주히 꼬물대고 있었다. 그런데 암컷 재규어가 아기들을 전혀 돌보려 하지 않았다. 손에 땀을 쥐며 몇 시간 동안 지켜보았으나 결국 자연 포육은 어렵겠다는 결론을 내렸다.

사육사들이 서둘러 새끼 두 마리를 인공 포육실로 옮겨 상태를 확인하고 수건으로 몸을 말렸다. 두 마리의 체격 차이가 꽤 있어서 걱정이 컸지만 우선 급한 대로 국내, 해외 할 것 없이 재규어의 인공 포육 자료를 최대한으로 수집하고 필요한 분유와 영양제를 구해다 포육을 시작했다. 체중을 재고, 분유를 준비해 먹인 후 설거지와 배변 유도까지 마치고 잠시 숨을 돌리고 나면 다시 처음부터 시작이었다. 두 사육사가 낮과 밤을 교대로 맡아 엄마 재규어만큼이나 성실하게 새끼 두 마리를 돌보았다.

두 사육사의 지극한 정성으로 한 마리는 점차 안정기에 접어들었다. 하지만 처음부터 유난히 작고 약했던 개체는 역시 오래 버티지 못하고 세상을 떠났다. 급격히 상태가 나빠졌다는 호출을 받고 달려가 혹시 인공 수유를 하는 과정에서 호흡기에 분유가 잘못 들어간 건 아닐까 싶어 조그만 코와 입을 열심히 빨아내 봤지만 작고 여린 몸은 얼마 안 가 축 늘어졌고 청진기에서는 더 이상 아무런 소리가 들려오지 않았다.

담당 사육사들에게서 무슨 일이 있어도 남은 한 마리는 지켜내겠다는 무언의 결기가 느껴졌다. 나 역시 간절한 마음으로 사육사들에게 격려와 응원을 보내며 혹여라도 잘못될까 인공 포육실 쪽으로 신경을 곤두세웠다. 다행히 남은 한 마리는 무사히 수유기를 넘겨 혼자서도 잘 지낼 만큼 쑥쑥 커주었고, '잭'이라는 이름도 생겼다. 이빨까지 제법 자라 눈에 보이는 모든 것을 깨무는 장난에 사육사들의 손이 다치기 시작할 때쯤 잭은 인공 포육실을 떠나 조금 더 넓은 격리장으로 거처를 옮겼다.

인공 포육실보다 넓은 격리장에는 고양잇과가 좋아할 만한 장난감과 시설이 다양하게 마련되어 있었다. 잭은 특유의 활발한 성격과 체력으로 격리장을 종횡무진 뛰어다녔다. 격리장의 구조와 크기에 어느 정도 적응하고 나면 그에 맞춰 움직임도 차분해지리라 생각했는데 어린 고양잇과 동물의 활력은 줄어들지 않았고, 잭은 지칠 줄 몰랐다. 그러다 놀이와 장난이 과했는지 결국 다리가 부러지는 사고가 나고 말았다.

보통 때라면 격리장 문을 열자마자 사육사에게 달려들어 몸을 부비고 장난을 쳐야 하는데, 구석에 몸을 숨긴 채 기운이 없다는 말에 얼른 격리장을 찾았다. 다리가 부어오르고 통증이 있어 보이긴 했지만 부러진 정도는 아니길 바랐는데, 급히 인근 동물병원에서 엑스레이를 찍어보니 분명한 골절이었다. 거기다 엑스레이상 골밀도 저하까지 의심되는 상황이었다. 바로 골절 수술을 진행했고, 집도의 선생님이 수술을 진행하며 가늘어진 뼈를 직접 확인해 준 덕분에 골밀도 저하도 확진하게 되었다. 인공 포육으로 어미에게서 받아야 할 다양한 영양분을 충분히 섭취하지 못했고, 그 이후로도 쭉 햇빛이 없는 실내 환경에서 지낸 결과로 생긴 영양성 질환으로 보였다. 그제야 야생동물에게, 그것도 대형 고양잇과 동물에게 실내 사육이 얼마나 해로운지를 깨닫게 되었다. 어미 재규어도 실내 사육으로 인한 스트레스성 질환 혹은 건강 이상을 겪고 있었을 확률이 높고, 먼저 떠난 두 마리의 형제도 그런 어미 재규어의 영향을 받았을지 모른다. 처음 실내 사육장을 보고 '이만하면 괜찮지 않나' 생각했던 내가 한없이 부끄러워졌다.

골절 수술을 마친 잭은 다시 격리장으로 돌아왔고, 얼마 지나지 않아 다른 시설로의 이송이 결정되었다. 때마침 재규어의 실내 사육이 동물보호단체로부터 많은 비판을 받고 있었고, 아쿠아리움 내부에서도 실내 사육이 건강 이상을 일으킬 정도의 나쁜 환경임을 인지하게 되어 추진할 수 있었던 일이다. 수술에서 회복한 잭은 그렇게 조금이나마 더 넓고, 언제든 햇빛과 바람을 쐴 수 있는 야외 사육장을 갖춘 동물원으로 옮겨졌다. 그 후 직접 찾아가 보지는 못했지만 동물원의 사육사를 통해 잘 지낸다는 소식을 간간이 전해 들었다. 그사이 실내 사육장에서 지내던 재규어 한 쌍도 다른 동물원으로 이소하게 되면서 재규어의 실내 사육은 그렇게 막을 내렸다.

이후 아쿠아리움을 떠나 동물원으로 직장을 옮기면서 재규어들도 기억에서 서서히 희미해졌다. 각자 더 나은 환경에서 잘 지내겠거니 하는 마음으로 구태여 궁금해하지 않았던 것 같다. 그러던 어느 날 지금 일하는 동물원으로 협진 요청이 들어왔다. 잭을 보냈던 동물원이었다. 하필 내가 손목 골절로 수술을 한 직후라 출장을 가기는 어려웠던 터라 협진 요청 내용을 자세히 살피지 않았기 때문에 출장을 다녀온 다른 수의사에게 이야기를 듣기 전까지 협진의 대상이 잭일 것이라고는 꿈에도 생각지 못했다.

더 나은 환경으로 갔으니 잘 지내고 있으리라 애써 생각했던 것과는 달리 잭은 다리와 소화기에 만성적인 문제를 지닌 채 살고 있었다. 이번에 협진을 지원하게 된 이유도 내시경으로 소화기 상태를 확인하기 위해서였다고 한다. 그제야 잭이 어린 시절을 보냈던 실내 격리장의 열악한 환경이 기억에서 다시 선명해졌다.

한창 성장기에 경험한 골절과 수술, 바람 한 줄기 쐴 수 없었던 생활 공간이 지금까지도 잭을 괴롭히고 있는 것은 아닌지 기억은 곧 걱정으로 이어졌다. 동물원에서도 특히 인공 포육을 받은 개체는 대체로 크게 성장하지 못하는 경향이 있고, 높은 확률로 건강에도 이상이 발견된다. 당시 경험과 의료 장비 및 시설 부족으로 충분한 진료를 해주지 못했던 것이 못내 마음에 걸렸다. 이번이 어쩌면 그때의 부채감을 만회할 기회였을지도 모르는데, 손목 때문에 또 때를 놓쳐버린 것 같아 스스로가 한심해졌다. 그나마 더 큰 문제가 생기기 전에 다른 동물원에 지원을 요청하는 꼼꼼하고 부지런한 사육사와 수의사가 있는 환경에서 지내는 것 같아 다행이었다.

가끔 인공 포육을 받던 아기 잭을 떠올린다. 부디 찰나의 어린 시절을 보냈던 갑갑한 격리장보다는 엄마처럼 밤낮없이 자신을 돌봐주었던 사육사들의 애정 어린 마음만을 기억해 주기를, 혹 먼 훗날이라도 세 번째로 만날 기회가 생긴다면 그때는 온 힘을 다해 치료해 줄 수 있기를, 그때까지 햇살과 바람 가득한 환경에서 재규어답게 지내기를, 동물원의 모든 동물이 자기답게 지낼 수 있는 최소한의 환경이 마련되기를 희망해 본다.

2장

(청주동물원에서)

너구리의 골절 수술

　　동물원에서 다양한 동물과 시간을 보낼수록 토종 야생동물의 매력을 새롭게 발견하게 된다. 동물원이라는 공간이 외국에서 비싸게 구입해 온 특이한 외래종이 아니라도 저마다의 사연을 가진 토종 야생동물을 편한 마음으로 가까이서 살피고 그 고유한 개성을 발견하는 곳이 되기를 바라는 마음으로 하루하루 동물들을 돌보고 있다.

　　너구리도 그중 하나다. 전에는 이렇게 사랑스러운 동물인 줄 미처 몰랐는데, 보면 볼수록 마음을 빼앗긴다. 특히 청주동물원의 너구리 한 마리는 사람도 전혀 무서워하지 않고, 애교도 많아서 보고 있자면 시간 가는 줄 모른다. 이 너구리는 새끼일 때 광주 시내에서 미아로 발견되어 광주 야생동물 구조센터의 보호 아래 자라다 너무 일찍 사람에게 길들여져 자연으로 돌아가기 어렵겠다는 판단으로 우리 동물원에 오게 되었다. 그래서인지 인기척이 조금이라도 느껴지면 바로 달려와 관심과 사랑을 갈구한다. 야생의 너구리에게서는 절대 볼 수 없는 모습이다.

생존을 위협받는 환경이 아니어서인지 울음소리도 야생 너구리보다 훨씬 순해서 다소 하찮게 느껴질 정도다. 귀여운 외모와 작고 앙칼진 울음소리, 누구든지 살갑게 반기는 활발하고 다정한 몸짓까지, 애정을 주지 않으려야 않을 수가 없다. 동물원에서 수백 마리의 동물을 관리하고 진료하는 입장으로 가급적이면 감정을 배제하고 어떤 개체에게나 일정한 거리를 유지하자고 마음을 다잡아 보지만, 오랜 시간 가까이서 살피다 보면 결국 속절없이 정이 쌓인다.

한번은 이 너구리가 넘쳐나는 활기를 주체하지 못

하고 사육장을 쉴 새 없이 뛰놀다 다리에 골절상을 입었다. 부러진 다리가 꽤 아팠을 텐데도 불편한 기색 하나 없이 한쪽 발을 든 채로 돌아다니기에 아리송한 채로 엑스레이를 찍어보았는데 사진에는 부러진 다리뼈가 분명하게 드러났다. 우리에게는 골절 수술 기구와 장비가 충분치 않아 고심하고 있었는데 동물원 동물들의 정형외과 수술에 항상 깊은 관심과 도움을 주시는 외부 동물병원 원장님 덕분에 걱정을 덜게 되었다.

원장님과 약속한 수술 날이 되어 너구리를 케이지에 담아 경기도에 자리한 동물병원으로 갔다. 동물병원의 문을 여는 순간, 저마다 강아지와 고양이를 데려온 보호자들의 시선이 케이지에 집중되었다. 놀람과 신기함이 섞인 웅성거림, "너구리다!" "너구리야!" 하는 작은 탄성이 동물병원 대기실에 메아리처럼 울려 퍼졌다. 동물원에 사는 너구리인 만큼 사람들의 관심 어린 시선이 낯설지는 않을 테지만 수술을 앞두고 혹시라도 과도하게 긴장할까 싶어 나는 미리 준비해 간 수건으로 케이지의 철망을 슬그머니 덮어주었다.

다양한 동물의 골절 수술을 경험해 온 노련한 원장님 덕분에 너구리의 골절 수술을 무사히 마치고 동물원으로 돌아올 수 있었다. 다만 너구리는 수술 부위가 잘 아물고 고정해 놓은 뼈가 완전히 붙을 때까지 약을 먹으며 좁은 공간에서 지내야 했다. 큰 움직임이나 놀이도 금물이었다. 훨씬 넓은 공간에서 지내던 친구라 짧은 시간이라도 좁은 케이지 생활을 견뎌줄지 걱정이 되었는데, 아니나 다를까 수술한 지 며칠 되지 않아 똑같은 부위가 다시 골절되고 말았다. 아물지 않은 수술 부위가 다시 부어올랐고 엑스레이로 확인한 골절 상태도 이전보다 더 심각해 보였다.

이곳이 동물원이 아니라 야생동물 구조센터였다면 아마도 골절 수술이 아니라 해당 부위 절단을 고려했을지 모른다. 골절 수술은 집도의의 숙련도뿐 아니라 뼈를 고정하는 플레이트와 나사의 종류, 각도와 위치, 깊이에 따라 수술 경과가 크게 달라지고 수술 이후에도 세심한 관리가 뒷받침되어야 한다. 수술 이후의 치료와 관리, 재활 훈련이 미흡하면 수술을 안 하느니만 못한 결과가 나올 수도 있기에 얼마간의 미래 환경까지 예측했을 때 필요한 시간과 노력을 들이기 어렵다면 차라리 절단이 나은 방법일 수 있었다.

다행히 재골절 상태를 살펴본 동물병원 원장님의 2차 수술 가능 소견으로 우리는 다시 동물병원을 찾았다. 앞선 수술보다 어렵기는 했지만 2차 수술 결과도 나쁘지 않았다. 다만 이번에는 반드시 수술 부위가 잘 아물고 고정해 놓은 플레이트가 움직이지 않도록 절대적으로 움직임을 제한해야 한다는 신신당부가 뒤따랐다.

두 번의 수술을 받고 돌아온 너구리는 결국 가장 작은 케이지 안에서 몸을 일으키지 못하도록 머리 위에 수건까지 덮인 채로 시간을 보내야 했다. 대체로 반려동물은 몸이 아프면 활력이 크게 떨어지는 반면 야생동물은 사력을 다해 통증을 숨기며 평소처럼 행동하려는 경향이 있다. 아프다는 사실이 천적에게 발각되면 바로 표적이 되는 야생에서는 자연스러운 이치일지 모른다. 하지만 이곳은 동물원인데. 차라리 반려동물처럼 아프다고 가만히 웅크리고 있어주면 좋으련만. 이번에는 어떻게든 부러진 다리를 낫게 하려는 동물원 직원들의 간절한 마음을 알 리 없는 너구리는 자꾸만 수술 받은 다리를 땅에 디디며 몸을 움직이려 했다.

그렇게 조마조마한 한 달여의 시간이 가까스로 흐르고, 뼈가 어느 정도 붙은 것 같다는 진단과 함께 너구리는 원래 지내던 공간으로 돌아가게 되었다. 뼈가 완벽하게 붙기까지는 시간이 더 필요했지만 도저히 그 이상의 감금(?)을 강제할 수는 없었다. 다행히 익숙한 공간에서의 적당한 운동과 자극이 재활과 회복에 도움이 되었는지, 이후 너구리는 평소와 같은 모습으로 건강을 되찾았다. 여전히 너구리의 다리뼈에는 플레이트가 박혀 있지만, 누군가 콕 집어 알려주지 않으면 겉으로는 전혀 알 수 없을 정도다. 지금도 이따금 너구리가 생활하는 사육장에 들르면 늘 그랬듯 하찮은 울음소리를 들려준다. 그 울음소리가 무척 소중하게 느껴진다.

탈출하는 동물

서울의 한 동물원에서 탈출한 얼룩말 '세로'가 한 동안 화제였다. 일찍이 부모 얼룩말을 여의고 함께 지내 던 여자친구 얼룩말까지 세상을 떠났다는 사연이 미디어에 알려지면서 그 존재가 세간에 더욱 강렬하게 각인 되었다. 동물원을 탈출해 짧은 시간 도심을 누비다 마취 총을 맞고 동물원으로 돌아간 세로는 어느새 감동 스토리의 주인공이 되어 이후에도 큰 주목을 받았다. 세로를 모티프로 한 캐릭터 상품과 연극 등이 만들어졌고, 동물 원의 관리 부실을 비판하는 목소리보다 세로의 탈출을 응원(?)하는 목소리가 더 커지는 상황에 이르렀다.

그러나 가족을 잃고 홀로 남겨진 불쌍한 세로의 자유를 향한 갈망과 기행이라는 서사는 완전히 잘못되었다. 동물을 다루는 시설에서는 지나친 의인화를 경계해야 한다. 동물원의 고의였는지는 알 수 없지만 세로 역시 과도하게 의인화된 측면이 있다. 이 사건은 명백히 동물원의 관리 부실에 따른 얼룩말의 동물원 경계 이탈 및 초동 대응 실패로 해석되어야 한다.

해당 동물원은 함께 사육하던 얼룩말의 폐사로 사육장에서 혼자 지내게 된 세로에게 행동 풍부화 등의 적절한 스트레스 관리 프로그램을 제공하지 않았다. 또한 성 성숙이 완료된 수컷 얼룩말의 이상 행동 예방을 위한 처치도 고려하지 않았으며 얼룩말이 전시장 울타리를 넘지 못하도록 관리하지 않았고 탈출한 동물의 동선 파악과 동물원 경계 이탈을 방지하기 위한 사전 관리 또한 미흡했다. 관람객을 비롯한 관련 기관에 탈출 사실 공표를 적절한 시점에 하지 못했고 결국 초동 대응 실패로 세로의 탈출은 동물원 경계 밖으로까지 이어졌다. 이는 모두 언론에 보도된 내용이다. 세로와 함께 생활하는 동물원 직원들이 전시장 관리 부실, 동물 탈출 시의 비상 대책 매뉴얼 부재, 홀로 남겨진 세로의 과잉 및 이상 행동을 사전에 인지하고 지적했을 수 있다. 그러나 결과적으로 이 문제에 대한 대응이 전혀 이루어지지 않았다. 안전 불감증, 예산 부족, 시스템의 부재… 여러 가지 요인이 복합적으로 작용했으리라.

청주동물원에서도 동물이 탈출한 사례가 있었다. '김서방'이라는 이름의 붉은여우로, 2020년 청주 도심을 배회하다 간신히 포획되어 청주동물원에 입소하게 된 친구다. 김서방이라는 이름도 청주시와 세종시를 동분서주하던 당시 붙여졌다. 국내에서 복원을 위해 노력하고 있는 멸종위기종 소백산 붉은여우와는 유전자 계통이 일치하지 않는 북미산 붉은여우이기 때문에 한국의 야생으로는 방사할 수 없다는 결정이 내려져 청주동물원으로 오게 되었다.

보통 주말에는 최소 인력만이 동물원에 근무한다. 진료와 사육 관리 역시 최소한으로 이루어진다. 결국 관람객은 많고, 관리 인원은 적은 상황에서 직원들이 업무를 보게 되는데 하필이면 그럴 때 일이 터졌다. 나는 사무실에서 서류를 정리한 후 원내 동물병원으로 향하고 있었다. 그 길에 망과 포획 도구를 들고 온 힘을 다해 뛰어다니는 사육사들을 보았다. 사육사가 김서방에게 사료를 주고 사육장을 돌아 나오는 과정에서 덜 닫힌 문틈으로 김서방이 탈출했다는 것이다. 비가 오는 날이라 동물원에는 관람객이 거의 없었기 때문에 우선은 빨리 포획해 다시 사육장으로 돌려보내자는 생각으로 나도 포획 작전에 합류했다.

지금 생각하면 잘못된 판단이었다. 나는 그 순간 바로 상급자에게 여우 탈출 사실을 공유하고 정해진 매뉴얼에 맞춰 관람객 통제 및 인솔, 전 직원 비상소집을 진행해야 했다. 그러나 상대적으로 몸집이 작고 위험하지 않은 동물이기에 금방 다시 포획할 수 있으리라는 안일한 생각을 하고 말았다. 김서방이 동물원 밖으로 나가면 큰일이 될 수 있다는 예상도 미처 하지 못했다. 어리석게도 나는 약간의 스릴과 긴장감을 즐기기까지 하면서 김서방을 쫓았다. 포획할 수 있는 한두 번의 기회가 있었지만 죽을힘을 다해 달리는 작고 민첩한 김서방을 당해낼 수 없었다. 김서방은 심지어 동물원 밖으로 나가기까지 했다가 관람객의 승용차에 놀라 다시 동물원으로 돌아왔다. 놀란 김서방이 그 길로 더 멀리 탈출했다면 나는 더 이상 동물원에서 일하기 어려웠을 것이다. 최악의 상황은 면했지만 궁지에 몰린 김서방은 더 찾기 어려운 곳으로 숨어버렸다.

동물원 부지 경계를 한 바퀴 둘러 비에 젖은 수풀과 낙엽을 모두 파헤치고 난 후에야 나는 상급자를 포함한 동물원 직원 전체에게 이 사실을 공유해야겠다는 생각이 들었다. 내 선에서는 해결할 수 없겠다는 판단이 그제야 든 것이다. 그래도 이 빗속을 달려 찾을 만큼 찾아보았다는 나름의 면죄부를 가지고 나는 팀장님에게 김서방의 탈출 사실을 보고했다. 상황을 인지한 팀장님의 첫 대답은 "변 수의사님, 이번 건은 잘못 판단하신 것 같습니다"였다. 그 목소리에 담긴 무거운 질책은 빗소리를 뚫고 내 머릿속에 정확히 와 닿았다. 그때 비로소 정신이 번쩍 들었다.

나는 바로 팀장님의 지시를 따라 전 직원을 비상 소집하고 관람객을 통제하기 시작했다. 매뉴얼대로 시청 당직실과 비상 상황실, 주변 기관에 여우 탈출 사실을 고지하고 경찰과 소방에 출동을 요청했다. 탈출 두세 시간 만에 겨우 사건이 수습되기 시작한 것이다. 청주동물원에서 동물 탈출 비상 대책반을 편성하고 운영하는 업무는 전적으로 내 소관이었다. 그러나 여우 탈출이 있기 전까지는 매뉴얼에서 각 부서의 바뀐 담당자를 확인해 변경하고 배포하는 일 외에는 구체적인 업무를 자세히 살피지 않았다. 그래서 분명한 매뉴얼이 있었음에도 그 매뉴얼을 따르지 못했다. '고작 붉은여우 한 마리'라는 내 안일한 생각이 일을 눈덩이처럼 키우고 말았다.

내가 엄청난 자책감에 휩싸여 여기저기서 들어오는 문의에 정신없이 대응하는 동안 탈출 사실을 공유받은 직원들이 하나둘 동물원 사무실로 모이기 시작했다. 가족들과 휴일을 보내고 있던 여러 동료와 동물원 관람객의 추억까지 망친 후에야 김서방 포획을 위한 본격적인 작전이 시작되었다. 동물원 부지를 둘러싼 경찰과 소방 인력이 혹시 모를 김서방의 경계 이탈과 인명 사고를 대비했고 동물원 사무실에서는 무전기로 각 현장에 나가 있는 직원들과 쉴 새 없이 소통하며 긴박하게 김서방 수색 작전을 펼쳤다. 그렇게 수십 명이 두세 시간의 사투를 벌인 끝에 김서방은 안전하게 포획되었다. 그때 함께 일하는 홍성현 수의사가 누구보다 힘이 돼주었다. 드넓은 동물원의 수풀 사이에서 김서방을 찾아낸 홍 수의사의 목소리를 무전기로 듣고 나서야 나는 안도의 한숨을 내쉴 수 있었다. 홍 수의사와 함께 김서방을 포획한 직원들은 진흙과 땀, 빗물로 온몸이 젖어 있었다. 팀장님은 더 이상 나를 질책하지 않았지만 사무실에 앉아 CCTV로 그 모든 과정을 지켜보면서 나의 죄책감은 이미 바닥을 뚫고 내려가고 있었다. 포획이 완료된 이후에도 사유서와 경위서를 작성하며, 또 언론 기사를 통해 냉정한 질타를 받으며 나의 미숙한 초기 대응과 안일한 판단을 돌아보고 또 반성했다.

김서방 탈출 사건 이후 청주동물원의 동물 탈출 비상 대책 매뉴얼에는 많은 변화가 생겼다. 탈출 상황 발생시 각 담당자의 대처 업무가 더욱 세분화되었고 상급자 보고 시의 방법까지(휴대전화 문자메시지 혹은 전화) 구체적으로 문서화되었다. 몸집이 크고 공격성이 강한 동물의 탈출에 대비해 구조 및 포획 차량의 개조가 계획되었고, 발사 거리가 더 긴 마취총이 구비되었다. 사육사가 건물 옥상에서 탈출 동물의 동선을 안전하게 파악할 수 있도록 감시동을 특별 지정했고 구조와 포획을 위한 장비를 추가로 마련했다.

당시 탈출한 동물이 여우가 아닌 사자나 호랑이였다면, 이렇게 한 사람도 다치지 않고 상황을 마무리 지을 수 있었을까? 내 잘못된 판단으로 동료와 관람객, 나 자신과 동물까지 위험에 빠트릴 뻔했다. 이 무거운 죄책감과 책임감을 양분 삼아 나는 현재 마련된 탈출 비상 대책을 주기적으로 점검하고 개선하기 위해 노력하고 있다. 동물 탈출 상황 훈련도 계획하고 있으며 관련 장비와 도구의 관리 보수에도 신경을 곤두세우고 있다. 주말 근무 때 손이 비는 틈을 타 동물원 외곽의 철책 상태도 수시로 확인하고, 탈출이 쉬운 구조의 동물사 문이나 관람 창은

수리와 보수를 요청했다. 훗날 담당자가 변경되고 동물 탈출이 재발하더라도 어렵지 않게 곧바로 프로세스가 가동될 수 있는 시스템이 확립되기를 희망하면서. 그래야만 그날의 괴로웠던 마음을 조금이나마 회복할 수 있지 않을까 한다.

청주동물원 역시 얼룩말 세로의 사례처럼 '그리운 도심을 찾아 동물원을 탈출한 여우'라는 식의 사연으로 사건을 포장할 수도 있었다. 그러나 동물원과 책임자 일동은 과도한 의인화와 사연 부여보다는 재발 방지와 시스템 개선에 집중할 수 있도록 방향을 잡았다. 동물이 절대 탈출할 수 없는 완벽한 시설은 그 어디에도 없고, 비상 상황은 언제든지 발생할 수 있으며, 항상 그 상황을 염두에 두고 끊임없이 시스템을 개선하면서 다음번에는 최선의 대응을 할 수 있도록 대비하는 것이 가장 중요하다는 팀장님의 말이 나에게는 최고의 위로가 되어주었다. 동물의 탈출은 전적으로 사람의 잘못이므로, 동물의 죽음이 아닌 그들을 가둔 사람이 책임질 수 있는 시스템이 모든 동물원에 마련되면 좋겠다.

동물원의 강아지

　　동물원 동물병원 건물 앞 작은 공터에는 까만색 개 깜순이가 산다. 동물원에 왠 강아지냐 싶겠지만 나름의 사연이 있다. 앞서 출간된 김정호 팀장님의 책 《코끼리 없는 동물원》에도 소개된 바 있는데, 깜순이는 안락사를 앞둔 유기견 보호소의 강아지였다. 마침 깜순이의 안락사가 예정된 날 보호소에 방문한 팀장님이 '어차피 안락사될 대상이라면 동물원의 멸종위기동물 번식 연구에 사용하겠다'는 생각으로 동물원에 데리고 왔다고 한다. 계획대로라면 깜순이는 난소 채취 수술을 받은 후 팀장님의 손에 안락사되어야 했다. 그러나 팀장님의 모질지 못한 결정으로 마취에서 깨어난 깜순이는 그대로 동물원 동물병원의 식구가 되었다. 안락사를 앞둔 개를 연구 목적으로 사용하겠다는 생각부터 잘못된 것이었다고, 팀장님은 그때의 판단을 후회하지만 나는 결과적으로 깜순이를 살리게 되었으니 어쨌든 좋은 일이었다고 단순하게 생각하고 있다.

깜순이가 동물병원 앞마당에 자리를 잡은 지도 어느덧 9년이 지났다. 반짝반짝 윤기가 흐르던 까만 털은 군데군데 하얗게 세었고 가만히 엎드린 채로 잠을 자듯 쉬는 시간이 부쩍 늘었다. 여전히 인기척이 들리면 반가움이 섞인 큰 목소리로 왕왕 짖으며 사람들을 맞이하지만 이빨이 많이 약해져 사료를 습식으로 바꾼 지도 꽤 되었고 소화력도 나빠져 욕심껏 먹지 않도록 양도 적절히 조절해 주어야 한다. 그래도 나를 포함한 동물원 직원들의 정성 어린 보살핌을 받으며 그럭저럭 잘 지내는 듯했다.

그런데 얼마 전 나를 반기는 깜순이와 짧게나마 놀아주던 중에 깜순이가 잠시 의식을 잃은 일이 있었다. 털에 붙은 나뭇가지와 흙을 털어주던 내 손길에 신이 나서 연신 꼬리를 흔들며 헥헥거리다 어느 순간 정신을 잃고 말았다. 놀란 내가 다급히 작은 몸을 들어올려 살짝 흔들어보려는 순간 깜순이의 의식은 곧바로 회복되었다. 실신. 노령견에게 흔히 나타나는 심장질환의 징후였다. 나는 오랜만에 개의 심장질환 관련 자료를 훑으며 깜순이를 진단하고 치료할 방법을 찾았다.

실신 증상이 발견된 후로는 어떤 움직임이 얼마나 무리를 줄지 몰라 산책도 못 시켜주었는데 며칠 만에 동물원의 세 수의사가 깜순이 곁에서 조심스러운 걸음으로 가벼운 산책을 하며 영상의학동으로 향했다. 정확한 진단을 위해서는 심장 초음파가 필요했기 때문이다. 깜순이와 짧은 산책을 하는 팀장님의 얼굴에는 깜순이를 향한 미안함과 고마움, 애정 같은 여러 감정이 섞여 있었다. 남은 생도 부디 편히 지내다 가기를 바라는 마음은 세 수의사 모두 같았을 것이다. 초음파를 통해 자세히 살피니 역시 깜순이의 심장에는 문제가 있었다. 다만 다행히도 다른 장기에는 아직 영향을 주지 않았고, 약만 잘 먹는다면 1~2년 정도는 어렵지 않게 버텨줄 것 같았다.

어릴 적 내 동생이 되어주었던 강아지 몬돌이도 노령에 접어든 후에는 심장 약을 먹으며 5년을 보냈다. 그러다 약도 듣지 않을 정도가 되어 어느 날 심장이 멈췄다. 평소에는 가까이 가지 않던 현관 매트에 누운 채였다. 가족들이 모두 집을 비운 시간이었는데, 가족들의 냄새를 찾아간 게 아닌가 싶어 안쓰럽고 안타까웠다. 당시에는 심장병을 앓다 간 몬돌이가 너무 가엾고 더 많은 것을 해주지 못했다는 마음에 미안하기만 했는데, 얼마간 동물병원 응급 수의사로 일하며 심장병을 앓는 개들이 어떤 고통 속에 생의 마지막을 맞는지를 깨닫고 그래도 몬돌이는 긴 고통 없이 떠났구나 싶어 뒤늦게 조금이나마 위안이 되었다.

심장 약을 먹기 시작한 깜순이도 떠나는 날까지 많이 힘들지 않으면 좋겠다. 그 어떤 존재도 노화를 피할 수는 없기에 그 과정이나마 고통스럽지 않기를 바랄 뿐이다. 그저 지금처럼 낮에는 좋아하는 사람들 곁에서, 밤에는 동물원 동물들 곁에서 즐겁게 지내다 잠들 듯 편안히 떠나가기를 소망해 본다.

사육 곰의 운명

　　우리나라는 1981년을 기점으로 농촌 사업의 다변화와 농가 소득 증대라는 목적하에 농가의 곰 수입과 사육을 권장하기 시작했다. 그러나 멸종위기종인 곰을 보호해야 한다는 여론이 거세지자 곰 사육을 허용한 지 4년 만에 곰 수입을 금지했고, 이어 1993년 정부가 '멸종위기 야생동식물 국제거래협약CITES'에 가입하면서 곰의 수입과 수출은 완전히 불법화되었다. 이 같은 정책 변화로 곰을 수입한 농가가 더 이상 수익을 낼 수 없게 되자 그에 대한 보상으로 열 살 이상의 사육 곰 도살이나 웅담 채취, 도축을 허용하는 예외 조항을 만들기에 이른다. 그렇게 인간이 손바닥 뒤집듯 곰의 운명을 이리저리 재단하는 동안 영문도 모른 채 낯선 땅에 오게 된 곰들의 삶은 처참해져만 갔다.

2000년대부터 많은 국가 예산을 투입해 가며 지리산에서 종 복원에 힘쓰고 있는 반달가슴곰과 지역 농가 곳곳의 좁은 철창형 우리에 갇혀 있는 사육 곰은 큰 틀에서 보면 같은 종에 속한다. 전문가가 아니라면 그 차이를 구분할 수 없을 정도로 외견과 습성이 비슷하다. 그러나 반달가슴곰은 토종 천연기념물이라는 이유로 보호받고, 사육 곰은 동남아나 일본에서 들여온 아종이라는 이유로 고통받고 있다.

이런 사정으로 지금도 여러 민간 단체가 열악한 곰 농장에서 사육되는 곰을 구조해 보호시설로 보내는 활동을 펼치고 있다. 청주동물원 역시 2018년을 시작으로 구조된 사육 곰을 동물원 식구로 받았다. 그렇게 곰 농장 출신의 곰과 동물원에서 태어난 곰이 만나 지금은 총 다섯 마리의 곰이 동물원에서 지내고 있다. 이따금 야외 방사장에서 따뜻한 햇볕 아래 마음껏 뒹굴며 낮잠을 자거나 바닥에 쌓인 낙엽 더미를 헤치며 노는 다섯 마리의 곰을 보고 있으면 몸을 뒤척이기도 힘든 뜬장에서 몇 년을 살았던 아픈 속사정을 품은 곰이 섞여 있다는 사실이 믿기지 않는다.

함께 일하는 김정호 팀장님의 고향이기도 한 당진에는 국내 최대 곰 농장이 남아 있다. 이곳의 곰들을 위해 동물원 수의사들이 주기적으로 봉사활동을 나간다. 사실 우리나라 곰 사육의 역사를 자세히 알기 전까지는 곰 농장의 처참한 실태에 불만과 반감만 들었다. 이런 곳에 도움을 주는 일 자체가 썩 내키지 않았다. 그러다 곰 사육이 어떻게 처음 시작되었는지, 어쩌다 곰 농장이 이런 지경이 되었는지를 다큐멘터리와 언론 기사 등을 통해 접한 뒤에야 곰 농장주들도 한편으로는 피해자임을 이해하게 되었다. 열 살이 넘은 곰들을 도축하거나 웅담을 채취하지 않고 사료값을 들여가며 그저 돌보는 것만으로도 농장주로서는 최선의 도리를 다하고 있는 것일지 모른다. 물론 더 많은 보상금을 바라고 곰을 인질 삼고 있는 이들은 예외다.

우리는 봉사활동을 통해 같은 농장이라도 조금이나마 더 넓은 공간에서 생활할 수 있도록 곰들을 옮겨주고, 인근 대학 교수님의 도움을 받아 곰 털에서 스트레스 호르몬 수치를 측정하는 등의 검사를 진행하고 있다. 한번은 배변 이상과 체중 감소 증상을 보이는 농장 곰의 진료 의뢰가 들어왔다. 우리는 곰을 동물원으로 옮겨 임시 보호하며 적절한 치료와 관리를 해주었다. 갑자기 바뀐 환경에 어리둥절해하며 흙바닥에 발을 디디는 것조차 어색해할 만큼 긴장과 이상 행동을 보이던 곰은 넓은 공간과 다양해진 먹을 것에 차츰 적응해 지금은 안정된 상태를 보인다.

2020년 들어 여러 동물보호단체와 환경단체의 문제 제기로 관련 협약과 법안이 마련되었지만 갈 길이 멀다. 2026년부터는 곰 사육이 전면 금지됨에도 여전히 전국에는 300마리가 넘는 곰이 사육되고 있고, 말인 즉슨 2025년 말까지 농장에서 구조하지 못한 곰들은 모두 도축될 운명이라는 뜻이다. 여러 단체와 기관이 지역 곳곳에서 곰을 구조해 해외 혹은 국내의 보호시설에 보내고,

지리산 등 야생 공간에 보호시설을 만들고, 필요한 비용을 마련하기 위한 홍보와 모금 활동에 애를 쓰고 있다. 각 지역 동물원도 뜻을 모아 사육 곰 구조에 도움을 주기 위해 최선을 다하고 있지만 곰 300여 마리의 운명은 아직 오리무중이다. 목표는 높고 미래는 여전히 불투명하다. 시간이 얼마나 허락할지도 모르는데 동물원의 임시 거처를 금세 제집처럼 여기며 편히 지내는 곰을 보고 있으면 마음이 복잡해진다. 이런저런 나의 걱정이 기우가 되기를 바랄 뿐이다.

도도하지 않은 사자

청주동물원의 가장 고지대에 자리한 야생동물 보호시설에는 사자 두 마리가 살고 있다. 암컷 도도와 수컷 바람이다. 폐업한 동물원에서 갈비뼈가 드러날 정도로 말라가는 '갈비 사자'로 유명세를 치르며 우리 동물원으로 오게 된 바람이 덕분에 함께 지내는 도도도 덩달아 사람들의 관심을 받게 되었다. 도도는 적지 않은 나이에 동물원의 새 식구가 된 바람이에게도 먼저 다가가 장난을 치고 사육사들과도 깊은 교감을 나누는 전혀 '도도'하지 않은 사자다. 자연에서는 천하를 호령하는 맹수라는 사실이 믿기지 않을 정도다.

도도의 오른쪽 옆구리에는 작은 상처가 있다. 얼마 전 응급 수술을 받은 흔적이다. 도도는 내가 동물원에 오기 전에도 자궁축농증으로 인한 자궁 절제술을 받은 이력이 있다. 암컷 개와 고양이에게도 흔히 나타나는 자궁축농증은 자궁 안에 세균이 증식하는 질환으로 제때 적절한 치료를 하지 않으면 패혈증으로 폐사할 수도 있는 위중한 병이다. 개나 고양이의 경우 자궁을 적출하는 수술이 가장 확실한 치료법인데, 사자의 경우에는 그 수술법을 그대로 적용하기 어렵다.

소동물처럼 복부 중앙(정중선)을 절개하면 훨씬 무거운 장기와 강한 복압을 가진 사자는 봉합 부위가 터지는 일이 잦아 수술이 권장되지 않는다. 강력한 실과 붕대를 사용한다고 해도 다른 동물보다 몸이 유연한 사자가 배에 감긴 붕대를 가만히 내버려 두지 않을 것이 분명하다. 붕대가 풀리면 재처치를 위해 다시 마취를 받아야한다. 소동물의 외과 수술 회복을 위해 사용하는 넥칼라(몸을 핥지 못하도록 목에 씌우는 도구로 엘리자베스칼라라고도 한다)처럼 사자용 넥칼라가 있다면 좋겠지만 사자의 목에 걸어 유지할 수 있을 정도로 튼튼하면서도 안전한 칼라가 시중에 있을 리 만무하고, 칼라 없이 자칫 붕대를 핥거나 풀다가 삼키기라도 하면 더 끔찍한 상황이 발생할 위험도 있다. 근본 원인인 자궁을 적출하지 않으면 계속 악화될 가능성이 높아 약으로만 관리하기에도 한계가 있는 질환이다.

도도 역시 내과적 처치를 이어가던 중 급격히 상태가 악화되어 수술을 결정하게 되었다고 한다. 당시 도도를 관리하던 팀장님은 소동물에 주로 적용하는 정중선 절개가 아닌 옆구리 절개술을 택했다. 복부 중앙을 절개하는 방법보다 시야가 훨씬 제한되어 수술의 난이도는 높아지지만 부작용 가능성도 적고 회복에 있어서는 성공률이 높은 방법이었다. 그렇게 도도는 동물원 수의사들과 주변 여러 관계자들의 많은 도움을 받아 옆구리 절개를 통해 수술을 받을 수 있었고, 내가 알기로는 국내 최초로 자궁 적출 수술을 받고 무사히 회복한 1호 사자가 되었다.

하지만 도도의 시련은 이것으로 끝나지 않았다. 자

궁 적출 수술 후 일상으로 돌아가 잘 지내던 도도가 내가 동물원에 근무하게 된 이후 다시 식욕과 활력이 떨어지는 증상을 보였다. 사료를 비롯한 생활환경이 하나도 변하지 않았던 터라 당황스런 마음으로 신경을 곤두세우고 도도를 살피기 시작했다. 이번에도 상태는 급격하게 악화되어 도도는 먹지도 움직이지도 않고 구토만 반복하기에 이르렀다. 나를 포함한 동물원의 세 수의사는 바로 도도를 마취하고 엑스레이와 내시경 검사를 진행했다. 수의사와 사육사의 빠른 대처로 응급 상황임에도 일련의 과정이 매끄럽게 진행되었으나 문제의 원인은 좀처럼 발견되지 않았다. 엑스레이상으로는 문제를 판별할 수가 없었고 위에 위액이 가득 차 있어 내시경으로는 충분한 검사를 할 수 없었다. 일단 급한 대로 내시경에 부착된 석션기로 위액을 5리터쯤 뽑아내고 약물을 처방했다. 일시적으로 발생한 장운동 이상이라면 이 처치로 호전되어야 했지만 도도의 상태는 나아지지 않았다. 장을 막고 있는 이물로 인한 장폐색 같다는 추측만 겨우 해볼 뿐이었다. 장폐색이 맞다 하더라도 이물의 위치를 정확히 파악하기 전에는 수술을 결정할 수도 없었다.

서둘러 내가 석사 과정을 밟고 있는 수의과대학 교수님에게 조언을 구했다. 감사하게도 교수님은 내 학원 연구진을 모두 내놓하고 최근 학교에 도입된 고가의 초음파 장비를 직접 가져와 도도를 진료해 주었다. 그리고 최신 장비를 동반한 교수님의 집요한 검사로 마침내 폐색된 부위를 특정할 수 있었다. 이 정도라면 개복 수술을 진행해도 될 것 같다는 쪽으로 의견이 모였다. 그러나 넘어야 할 산이 더 있었다. 이 개복 수술을 진행할 외과의를 찾아야 했다. 도도는 노령의 대형 고양잇과 동물인데다 이미 한 번 힘든 산과 수술을 받은 경험이 있고, 단기간에 두 번 이상의 마취를 받았다. 장폐색 수술에 숙련된 외과의가 집도해도 성공을 장담하기 어려운 수술이었다. 거기다 지금부터 외과의를 찾아 연락한다면 그만큼 지연되는 시간으로 도도는 수술 준비를 위해 다시 마취를 받아야 할 터였다.

동물원 수의사 모두가 애타는 마음으로 가능한 방법들을 논의하고 있는데 지원을 나와 있던 교수님이 선

뜻 수술까지 자처해 주었다. 그 이후의 시간이 어떻게 흘렀는지는 사실 기억이 희미하다. 도도의 마취를 조금 더 연장시킨 후 수술대에 올려 다시 배를 열고 복강의 장에서 문제가 되는 부분을 찾아 자르고, 이물을 제거하고, 세척하고 봉합했을 것이다. 나 역시 수술을 보조하며 그 자리에 있었는데 기억에 남아 있는 것이라고는 수술실에 숨 막히도록 가득했던 긴장감과 부담감뿐이다. 그렇게 도도는 다시 오른쪽 옆구리를 절개하는 큰 수술을 받았다. 두 번째 개복 수술이었기에 이전처럼 잘 회복할지 걱정이 적지 않았지만 큰 부담이었을 이 수술을 아무런 대가 없이 맡아준 교수님에게 감사한 마음뿐이었다. 우리는 마지막 순간까지 도도의 옆구리를 더 단단하게 봉합하기 위해 온 힘을 다했다.

수술 이후 도도는 다시 원래의 사육장으로 돌아갔다. 다만 당시 도도의 룸메이트였던 수컷 사자 먹보와는 격리되었다. 도도가 수술에서 완전히 회복하는 며칠 사이 먹보는 방사장에서 도도가 쉬고 있는 내실을 하염없이 바라보았다. 이따금 내실 문을 긁기도 하고 내실을 향해 울기도 했다. 아마 오랜 기간 친구처럼 부부처럼 함께 지내온 사이였기에 갑작스러운 격리가 먹보에게도 당황스러웠을 것이다.

도도의 수술 부위에 염증이 생기는 위태로운 상황도 있었지만 도도는 위기를 무사히 넘기고 회복되었다. 식욕도 돌아왔고 배변도 원활했다. 도도의 완전 회복을 확인함과 동시에 먹보와의 격리도 해제되었다. 큰 수술을 이겨낸 도도는 먹보를 보자마자 먹보 곁에서 떨어지려 하지 않았다. 평소에도 좁은 평상 위에서 몸을 붙이고 자는 사이 좋은 둘이었기에 그 모습이 새삼스럽지는 않았지만 아주 좋은 컨디션이 아닐 텐데도 곁을 내주는 도도가 놀라웠다.

도도의 배에서 나온 것은 행동 풍부화를 위해 사육장에 넣어준 커피콩 자루였다. 좁은 사육장에서 대부분의 시간을 보내는 동물들이 자연에서처럼 다양한 자극을 받을 수 있도록 습성에 맞는 장난감을 설치하거나 넣어주는데 커피콩 자루도 그 일부였다. 아마 오래되어 너덜거리는 채로 위에 매달려 있던 자루를 도도가 낚아 채 씹어 넘겼거나 아니면 삭아서 조각난 자루를 집어 먹었을 것이다.

이제 도도는 낡은 자루가 방치되었던 사육장을 떠나 동물원에 마련된 지붕 없는 야생동물 보호시설에서 신나게 뛰어놀고 있다. 가까이서 보면 오른쪽 옆구리에 작게 수술 자국이 나 있다. 힘든 수술을 두 번이나 이겨낸 도도를 보고 있으면 여러 가지 생각이 밀려온다. 질병으로 인한 통증이 심하고 회복 가능성이 낮은 케이스라면 지체 없는 안락사로 조금이나마 고통을 덜어주는 방향이 맞다는 주장이 있다. 그런 의견을 내비치는 수의사를 만나면 한 번씩 생각을 되짚어 본다. 실제로 안락사가 지체되어 극심한 통증을 겪어야만 했던 케이스도 있기에 흔들리기도 한다. 그러나 언제 아팠냐는 듯 새 룸메이트 바람이와의 합사도 너끈히 해낸 도도에게 다시 비슷한 일이 생긴다면 나는 어떻게든 도도를 살리기 위해 거듭 발버둥 치게 되리라.

두 마리의 수컷 사자

수컷 사자 바람이는 스무 살에 가까운 노령의 나이에 우리 동물원으로 왔다. 그동안 바람이의 삶은 정말 고단했다. 2004년, 서울의 한 동물원에서 태어난 바람이는 열한 살이라는 어리지 않은 나이에 다른 지역의 동물원으로 옮겨져 사방이 콘크리트와 유리로 막힌 좁은 사육장에서 8년을 혼자 살았다. 햇살과 바람은커녕 하늘한 조각도 제대로 볼 수 없는 감옥 같은 공간에서 홀로오랜 시간을 보냈을 바람이를 생각하면 숨이 턱 막히는 것만 같다. 나라면 아마 그토록 오래 살아남지 못했을지도 모른다. 뛰기는커녕 몇 걸음 걸을 수도 없는 차가운

회색 바닥에서도 묵묵히 살아온 바람이가 우리 동물원으로 올 수 있게 되어서 정말 다행이다. 자연과 비교하면 여전히 좁겠지만 이곳에서는 곳곳에 풀이 자라난 흙바닥을 밟으며 원한다면 실컷 햇빛과 바람을 쐴 수 있으니까.

2023년 초여름, 폐업을 앞둔 동물원에서 바람이의 상태를 두 눈으로 직접 확인한 팀장님은 곧바로 바람이의 동물원 입양을 제안했다. 바람이가 아무리 열악한 환경에 놓여 있다 하더라도 법적으로 동물원의 동물은 사유재산이기 때문에 바람이를 소유한 동물원의 소유권 포기가 없다면 바람이를 데려올 수 없었다. 늦은 감은 있지만 바람이의 편한 여생을 위해 소유권을 포기하고 양도와 이송을 허락해 준 동물원 측에게 그간의 동물 관리 실태와는 별개로 고마운 마음이다. 바람이의 입양이 결정된 후 실제 이송까지는 시간이 오래 걸리지 않았다. 우리 동물원 관계자들과 지자체의 유관 부서 행정 공무원들까지 한마음 한뜻으로 바람이가 하루빨리 더 나은 환경으로 갈 수 있도록 일사천리로 관련 업무를 처리하고 진행했다는 이야기를 전해 들었다. 팀장님 역시 이송에 필요한 정보를 수집하고 정리하느라 정신없고 긴장감 넘치는 하루하루를 보냈다. 나도 그 과정에 동참할 수 있었더라면 좋았겠지만 당시 나는 손목 부상으로 인한 수술로 병가를 낸 상황이었다.

손목 수술을 마치고 다시 출근한 날에야 나는 바람이를 처음으로 보았다. 바람이는 우리 동물원에 와서도 적응을 위해 한동안은 내실에서 지냈다. 이송 과정에서 어떤 스트레스를 받았을지 몰라 넓은 야외 공간인 야생동물 보호시설에 바로 풀어주기보다 적응기를 갖기로 했다. 내실 사육장에서도 마음만 먹으면 밖으로 나가 흙바닥을 밟고 바람을 쐴 수 있는 구조였지만 바람이는 익숙한 실내 공간을 좀처럼 떠나지 않았다. 그렇게 충분히 안정을 찾은 바람이는 야생동물 보호시설 뒤편에 마련된 보조 사육장으로 자리를 옮겼다.

바람이가 동물원에 막 도착했을 무렵만 해도 야생동물 보호시설에는 수컷 사자 먹보와 암컷 도도가 함께 살고 있었다. 원래의 계획대로라면 거기에 바람이가 합류해 야생동물 보호시설은 세 사자의 공간이 될 예정이었다. 하지만 바람이만큼 노령인 먹보의 원래도 좋지 않았던 뒷다리가 급속도로 나빠지더니 갑작스레 활력이 크게 떨어졌다. 바람이와의 합사를 위해 기존의 두 사자에게도 합사 훈련을 시키고 있었고, 도도보다는 먹보가 바람이를 새 식구로 받아들이려는 기색을 먼저 보여주었기 때문에 안타까움이 배가되었다. 먹보의 상태는 하루가 다르게 악화되어 곧 뒷다리뿐 아니라 전신에 증상이 나타나기 시작했다. 몇 가지 질환을 추측할 수 있었지만 나이 든 먹보가 치료와 회복을 견뎌줄 만한 질병이 아니었다. 그래도 혹시나 하는 일말의 기대감으로 마취한 먹보를 대학 병원으로 옮겨 MRI 검사를 진행했다. 먹보의 간에는 종양으로 추정되는 부분이 보였고 요추에서는 디스크 탈출로 인한 척수 압박도 감지되었다. 움직임뿐 아니라 배변 활동에까지 문제가 생긴 원인이 디스크 때문인 것으로 추정되었다. 마취에서 깨운다 해도 고통만 남을 여생이었다. 결국 나를 포함한 동물원의 세 수의사는 같은 판단을 내렸고, 그렇게 우리는 먹보를 안락사

시켰다.

사자는 야생에서 무리 지어 생활하는 동물이다. 특히나 사이가 좋았던 도도와 먹보였기에 홀로 남은 도도가 더욱 걱정이었는데, 마치 운명처럼 때마침 우리 동물원으로 와준 바람이 덕택에 도도가 홀로 외로이 지내지 않게 되었다. 바람이를 데려올 때까지만 해도 동물원의 그 누구도 예상치 못한 결말이었다.

물론 도도와 바람이의 합사가 처음부터 순조롭지는 않았다. 앞서 잠깐 이야기한 대로 새 식구 바람이의 등장을 그나마 받아들여 주었던 쪽은 먹보였다. 반려동물을 합사시켜 본 사람이라면 잘 알겠지만, 서로 다른 환경에서 지내온 고양잇과 동물을 합사시키기란 여간 어려운 일이 아니다. 처음에는 각각의 공간에 격리해 상대의 냄새와 소리를 공유하도록 하고, 그 상황에 어느 정도 적응을 하고 나면 상대를 볼 수 있도록 한다. 그런 다음에는 공간을 바꿔가며 아주 서서히 서로의 존재를 익숙하게 만들고, 이 과정을 모두 거친 후 안정이 되어야만 격리를 풀 수 있다. 이 과정에 몇 개월, 몇 년이 소요되기도 한다. 거기다 인간이 공격이나 움직임을 제압할 수 있는 작은 고양이가 아니라 사자라면, 더욱 신중한 합사 훈련이 진행되어야 한다. 공격성이 높아진 사자 두 마리를 떼어놓기란 거의 불가능에 가까워 자칫 한쪽이 생명을 잃을 수도 있기 때문이다.

도도와 상태가 악화되기 전의 먹보, 그리고 바람이가 격리된 사육장은 구조가 꽤 복잡해 중간에 철문만 잘 배치한다면 한 공간에서 2:1로 세 사자를 격리한 채로도 합사 훈련을 진행할 수 있었다. 처음에는 서로의 소리와 체취를 느낄 수 있도록 하면서 먼 거리에서 상대를 볼 수 있게 했다. 하지만 바람이에게 관심을 보이는 먹보, 도도와 달리 바람이는 두 사자를 피하려고만 했다. 아마 홀로 지내온 오랜 시간 탓이리라. 하지만 시간이 다시 바람이의 편이 돼주었다. 시간이 흐르자 바람이도 차츰 철문 너머에 있는 두 사자를 마주 보기 시작했다. 그렇게 세 사자는 서서히 서로가 있던 사육장에 번갈아 들어가는 교차 방사 훈련까지 무사히 마칠 수 있었다. 안타깝게도 그사이 먹보는 하늘나라로 떠났지만 곧 도도와 바람이의 합사를 계획할 수 있었다.

두 사자의 첫 합사 날에는 동물원 전 직원이 출동해 혹시 모를 상황에 대비했다. 화생방 가스 정도의 위력이 있는 스프레이, 큰 소리로 주의를 끌 수 있는 폭죽 등 갖가지 도구까지 동원되었다. 바람이는 우리 동물원으로 이송되던 날부터 언론의 큰 관심을 받았기에 바람이의 합사 소식을 전하려는 기자들까지 모여들어 사육장 앞은 성수기의 동물원만큼이나 인파로 북적이고 있었나. 곧이어 모두가 숨죽인 분위기 속에서 철문이 열리고 두 사자가 한 공간에 들어섰다. 바람이는 긴장한 채 몸을 움츠렸지만 도도가 그런 바람이에게 적극적으로 한 발 한 발 다가섰다. 그렇게 도도가 먼저 다가가 교감을 시도했으나 아직 사회성이 완전히 회복되지 않은 바람이가 가까워지는 도도를 보며 큰 소리로 예민하게 반응했다. 자칫 위험할 뻔했지만 이 충돌 아닌 충돌은 다행히 장난 같은 몇 번의 다툼으로 무사히 끝났다.

비슷한 합사 훈련을 몇 차례 거친 후 두 사자는 마침내 한 공간에 함께 머무르게 되었다. 바람이는 여전히 약간은 소극적인 모습이지만 도도가 그런 바람이를 이해하고 받아들여 준 것 같다. 과한 장난보다는 바람이에게 맞춰 조심스레 다가가는 도도가 얼마나 기특하던지. 누가 가르쳐준 것도 아닌데 상대를 이해하고 있는 그대로 받아들여 준 두 사자에게 고마운 마음뿐이다. 이제 두 사자는 각자 멀찍이 누워서 쉬다가도 한 마리가 다른 곳으로 움직이려 하면 발걸음을 같이하기 위해 무거운 몸을 일으키는 모습을 보여준다. 이제는 걱정 없이 편안한 마음으로 두 사자를 지켜볼 수 있게 되었다.

우리 동물원으로 오기 전, 갈비뼈가 드러날 정도로 말랐던 바람이는 새로운 환경에 적응해 잘 먹고 잘 지낸 덕에 살이 제법 올랐다. 그러나 오랜 시간 좁은 공간에서의 생활로 굳어진 근육과 관절, 스무 살에 가까운 노령의 나이 탓에 일정 정도 이상의 활력과 운동성 회복은 어렵지 않을까 한다. 전침이나 마사지기를 이용한 재활 의학적 치료도 고려하고 있지만 어쩌면 얼마 남지 않았을 바람이의 여생을 최대한 편안하게 해주는 일도 수의사인 내가 헤아려야 할 중요한 사항이기에 고민이 깊다.

이제는 평균 체중을 회복했기 때문에 약해진 관절에 무리를 주지 않도록 지금부터는 체중 조절을 위한 식단 관리도 필수적으로 해주어야 한다.

앙상한 갈비뼈가 드러난 사진이 세간에 강렬하게 각인된 탓인지 왜 바람이가 원하는 만큼 충분한 양의 먹이를 주지 않는지 이따금 문의와 민원이 들어오고는 한다. 어렵게 데려온 만큼 더 나은 환경에서 가능한 한 오래, 편안한 삶을 누리다 가기를 바라는 마음은 동물원 수의사들이 가장 간절할 것이다. 초보 수의사 시절에는 단편적으로 쏟아지는 여러 민원에 휩쓸려 갈피를 잡지 못하고 잘못된 결정을 내리기도 했다. 그러나 지금은 안다. 바람이의 건강을 직접 책임지고 있는 내가 중심을 잘 잡아야 바람이가 아늑한 환경에서 더 오랜 시간을 보내다 갈 수 있다. 그리고 이것이 바람이에게 쏟아지는 관심과 사랑에 보답하는 길이리라.

관람객이 뜸한 날이면 야생동물 보호시설에 올라가 두 사자가 함께 엎드려 일광욕을 하는 느긋한 풍경을 바라본다. 기나긴 고생 끝에 마침내 편안한 일상을 되찾은 두 사자를 보고 있자면 분주했던 마음이 잠시나마 여유로워진다. 사자들의 한가한 나날이 오래 지속되기를, 두 사자를 위해 내가 무엇을 더 해줄 수 있을지 고민하는 시간이 더 오래 계속되기를 바란다.

동물원 밖 야생동물

　동물원 한쪽 구석 관람객의 발길이 닿지 않는 곳에는 이따금 야생 물까치들이 무리를 지어 자리를 잡는다. 오묘하면서도 청아한 깃털 색이 어찌나 예쁜지 물까치라는 이름을 처음 알게 되었을 때는 생김새에 비해 지나치게 담백한 이름이 아닌가 싶어 내가 다 아쉬운 마음이었다. 이제는 그 이름도 익숙해져 동물원을 돌다 물까치를 마주치기라도 하면 정겨운 마음마저 든다.

　물까치 외에도 동물원 주변을 자유롭게 넘나드는 야생동물은 꽤 다양하다. 번식기를 무사히 지나 새끼들을 데리고 동물원을 활보하는 너구리 가족이 있는가 하면 동물원의 외진 곳에 난 성긴 수풀을 헤치며 뛰어다니는 고라니도 있다. 언젠가는 피부병이 걸린 채로 동물원 곳곳을 돌아다니는 너구리 한 마리가 사육사와 수의사들에게 여러 번 발견되어 피부병 치료 약을 넣은 먹이를 너구리가 자주 출몰하는 곳에 두면서 상태를 지켜보기도 했다. 산 바로 아래 위치한 동물병원 건물에서 일을 하다 앞마당의 깜순이가 날카롭게 짖는 소리에 놀라 나가보면 수풀 속 고라니가 오히려 제가 더 놀랐다는 눈빛을 보낸다. 덕분에 한 번씩 바깥바람도 쐬며 깜순이와 수풀 속에 숨은 고라니 찾기 놀이를 즐기기도 한다.

최근 가장 마음이 쓰이는 동물은 왜가리다. 지금의 동물원으로 오기 전까지는 아쿠아리움에서 보았던 펭귄과 펠리컨, 앵무새 등이 아는 조류의 전부였는데, 이곳에 와서야 넓은 하늘을 마음껏 활강하는 고니와 두루미, 왜가리를 가까이서 보았다. 부끄럽게도 예전에는 제대로 구분조차 하지 못했는데 말이다. 동물원을 찾는 왜가리는 두 마리 정도 된다. 그중 거의 동물원의 식구처럼 터를 잡은 한 마리는 이른 아침부터 소나무 꼭대기에 앉아 보초를 서듯 출근하는 직원들을 맞이한다. 마른 몸과 유난히 긴 목 탓인지 언뜻 성문을 지키는 노병 같기도 하다.

애초에 왜가리의 존재를 인식하게 된 계기가 수달사에 몰래 들어와 수달의 먹이로 주는 미꾸라지를 뺏어 먹는 모습 때문이었으니 사실 처음부터 왜가리에게 좋은 감정이 들었던 건 아니다. 혹여나 수달들이 충분히 먹지 못하고 먹이를 빼앗기는 것일까 봐 왜가리를 쫓아내 보려고도 했지만 왜가리는 여유 만만하게 잠시 뒤로 가볍게 날아갔다가 다시 내려오기를 반복했다. 나를 놀리는 듯한 그 몸짓에 약이 올라 한번은 끝까지 쫓아가기도 했는데 왜가리는 그저 귀찮지만 상대해 주마 하는 식으로 주변을 크게 빙 돌기만 했다. 하늘을 나는 새와의 신경전이라니, 애당초 상대가 되지 않는 싸움이었다.

이후에는 무시로 일관하며 왜가리와의 불편한 동거를 인정할 수밖에 없었다. 그러다 우연히 왜가리가 까치들에게 쫓기는 모습을 보았다. 나를 상대하던 때의 유유자적한 모습은 온데간데없이 다급한 울음소리와 날갯짓이 쉼 없이 이어졌다. 그래, 네 삶도 쉽지만은 않겠구나 싶은 마음이 그제야 들었다. 동물원의 수달사가 팍팍한 야생의 삶에서 그나마 마음을 기댈 수 있는 공간이 되어주는 것일지 모른다. 그때부터는 불청객이라고만 생각했던 왜가리에게도 안쓰러운 마음이 들었다.

그렇게 애정을 가지고 보니 수달의 먹이를 뺏어 먹는다는 것도 나의 오해임을 알게 되었다. 동물원의 수달들은 대체로 사육사에게 직접 먹이를 받아먹는다. 컨디션이 좋지 않아서 사육사가 왔을 때 먹이를 양껏 먹지 못한 날이나 타이밍이 안 맞는 날에만 남은 먹이를 수달사 바닥이나 수조에 뿌려두는 것인데, 왜가리는 그렇게 남은 먹이만 제 것으로 삼았다. 이미 배를 채운 수달들은 남은 먹이를 주워 먹는 왜가리에게 전혀 관심을 보이지 않았다. 어쩌면 그런 방식으로 남은 먹이를 왜가리에게 양보하는 것일지 모른다.

수달사에 남은 먹이가 충분치 않은 날이면 왜가리는 물새장의 두루미 근처에서 시간을 보낸다. 그때는 신기하게도 새장 안의 두루미들이 제가 먹고 남은 미꾸라지를 철망 밖의 왜가리 쪽으로 던져준다. 처음에는 철망 밖으로 떨어진 미꾸라지를 보고서도 그 상황이 믿기지 않아서 왜가리가 긴 부리를 이용해 철망 사이로 미꾸라지를 꺼내 먹거나 두루미가 먹으려고 미꾸라지를 집어 흔들다 철망 밖으로 날아간 것이라 생각했다. 하지만 몇 번이나 반복되는 광경을 보면서 확신하게 되었다. 철망 안팎으로 내가 모르는 그들만의 연대가 있는 것이 분명했다.

이따금 동물원의 하늘을 빙 도는 왜가리 두 마리를 본다. 언제까지 왜가리가 동물원을 찾아줄지, 이 밖에도 앞으로 얼마나 많은 야생동물이 동물원 주변에 터를 잡을지는 모르겠다. 다만 지금처럼 동물원이 외부의 야생동물까지 품는 공간이 될 수 있도록, 안팎의 모든 야생동물과 함께 살아가는 다정한 동물원이 될 수 있도록 마음을 써볼 뿐이다.

독수리의 비행

나는 동물원에서 처음으로 독수리를 자세히 보았
다. 가끔 높은 하늘을 나는 새들을 보다가 날개가 좀 커
보이면 막연히 독수리인가 했을 뿐 다른 사람들과 마찬
가지로 근거리에서 독수리를 살피거나 만질 만한 일이
없었다. 대개 독수리 하면 용맹하고 강인한 이미지를 떠
올리는데, 독수리를 실제로 보면 예상보다 온순한 성격
에 웃음 짓게 된다. 가끔은 안타까울 만큼 어리숙한 모습
을 보이기도 한다. 독수리를 보고 있으면 학창 시절 반에
한두 명쯤 있었던, 몸집 크고 운동도 잘하는데 다툼은 싫
어하던 순한 친구가 떠오른다. 강한 부리와 발톱, 큰 다

리 근육과 날개를 지녔지만 그 타고난 무기를 거의 사용하지 않는다. 특히 움직임이 제한된 동물원에서는 그 무기들이 짐처럼 보일 정도다. 이따금 독수리사에서 싸움이 나면 누군가 크게 다칠까 조마조마한 마음으로 지켜보는데 대체로는 어린아이처럼 몇 번 투닥이는 것으로 끝이 난다. 거기다 겁은 어찌나 많은지, 어쩌다 사육사나 작은 새가 독수리사에 들어가기라도 하면 커다란 날개를 펄럭이며 깜짝 놀라기 일쑤다. 그런 습성과 가까이서 봐야만 알 수 있는 기다란 속눈썹 같은 특징을 발견하면서 독수리가 좋아졌다. 친해지기 어려울 것이라 생각했는데 보면 볼수록 매력이 넘쳤다.

그렇게 독수리에게 친근감을 느낄 무렵 동물원의 맹금사 개조 공사가 시작되었다. 다른 시설에서 지내던 참수리가 야생으로 방사되기 전 청주동물원에서 훈련을 받게 되었다. 참수리 입소를 계기로 맹금류가 지내기에 더 편안한 공간으로 맹금사를 재설계했다. 이 맹금사 옆에 동물원 동물병원의 영상의학동이 있어 공사 진행 상황을 매일 지켜볼 수 있었다. 공사가 완료되면 참수리가 들어가 잠시 시간을 보내다 곧이어 만들어질 동물원의 새로운 조류 방사 훈련장에서 본격적인 야생 방사 훈련을 받을 예정이었다. 새 방사 훈련장은 맹금류 등 몸집이 큰 조류도 활강이나 선회 비행을 할 수 있는 공간으로 설계되었다. 참수리가 맹금사에서 적응을 잘 마친후 이 조류 방사 훈련장으로 떠나면, 비워진 맹금사를 청주동물원의 독수리가 쓰게 될지 모른다. 여러 변수가 있었지만 어쨌든 동물원의 새들에게 나은 생활 공간을 마련해 줄 수 있다는 기대감에 공사 현장을 볼 때마다 마음이 흡족했다.

그러던 어느 날 사자 바람이, 미니말 사라와 함께 독수리 하늘이가 갑작스럽게 청주동물원으로 오게 되었다. 깃털 등을 살펴보니 다행히 청주동물원에서 지내던 독수리들보다 건강 상태가 좋아 보였다. 좁은 검역실에서 잠시간의 검역을 마친 하늘이는 새롭게 꾸며진 맹금사의 첫 주인이 되었다. 하늘이는 청주동물원의 다른 독수리들보다 어린 개체로 추정되었다. 그래서인지 깃털과 부리 같은 외관뿐 아니라 내부 장기도 더 건강한 편이었다.

　　하늘이가 동물원에 입소하기 전에도 우리 동물원의 독수리들을 위해 주기적으로 엑스레이 등 건강 검진을 실시하고 있었는데, 이때 확인한 독수리들의 건강 상태가 책에서 보았던 표준과는 많이 달라 걱정하던 중이었다. 특히 전체적으로 기낭(조류의 호흡기관)이 매우 두꺼워져 있었다. 의아하게도 동물원에 있는 독수리 모두에게 비슷한 결과가 발견되어 추가 검사를 진행하고 호흡기 증상이 있는지, 특별히 활력이 떨어지는 개체가 있는지 자주 들여다보던 차였다. 그런데 하늘이가 새로 들어오고 나서야 그 이유를 알게 되었다. 나이가 어린 하늘이의 영상 검사 결과는 책에 나오는 정상 상태와 거의 일치했다. 그러니까 기존의 청주동물원 독수리들은 다들 나이가 들어 호흡기 상태가 전반적으로 나빠져 있는 것이었다.

　　건강하고 어린 독수리 하늘이는 적절한 훈련을 받으면 자연으로 돌아갈 수 있겠다는 진단을 받았다. 동시에 청주동물원의 나이 든 독수리들을 위한 검진과 관리

계획도 새롭게 수립하기로 했다. 그동안은 표준과 다른 검진 결과를 걱정하면서도 눈에 보이는 증상이나 징후가 없었기에 건강에 큰 문제가 없다고 생각했다. 하지만 하늘이와 비교하니 노화가 확연히 눈에 보였다. 하늘이가 아니었다면 큰 문제가 생기기 전까지 그대로 별다른 조처를 하지 않았을 것이다. 하늘이 덕분에 청주동물원의 독수리 어르신들도 더 잦은 검진과 관리, 호흡기를 위한 처방을 받게 되었다.

처음의 계획과는 달라졌지만 하늘이가 지내는 맹금사는 생활하기에 나쁘지 않다. 비교적 넓고 높아 큰 날개를 펼치고 움직이기에도 훨씬 편하다. 가끔 맹금사의 자신이 좋아하는 공간에 앉아 있는 하늘이를 보면서 나도 위안을 받는다. 이곳에서 잘 적응한다면 곧 더 넓은 공간에서 훈련을 받은 뒤 다시 광활한 하늘을 자유롭게 누비게 되리라. 그다음에 올 참수리도 하늘이와 마찬가지로 끝없는 하늘로 멀리 날아갈 테지. 생각만 해도 홀가분하지만 다른 한편으로는 청주동물원의 터줏대감 독수리들이 마음에 남는다. 얄궂게도 새로 개조된 맹금사 바로 옆에서 자연으로 돌아가는 다른 수리를 보면서 어떤 마음일지, 지나친 의인화라고 애써 생각을 떨쳐보지만 씁쓸함이 가시지 않는다. 괜히 한 번 더 독수리 어르신들 앞으로 가서 "괜찮니?"라고 속삭여 본다.

야생동물의 자연 방사는 정해진 답이 없다. 차라리 누군가가 명확한 기준으로 방사할 동물을 딱딱 짚어주면 좋겠다고 바랄 정도다. 그러나 자연환경에는 변수가 너무 많고 방사 시 고려해야 할 사항도 끝이 없다. 자칫 잘못하면 방사가 아닌 유기가 되기에 신중, 또 신중해야 한다. 그렇게 신중을 기한 기준으로 방사를 결정하고 시행한 후에도 자연에 잘 적응해 살아가는지 주기적으로 꾸준히 확인해야 한다. 동물원에서 함께 지내는 일도, 자연으로 풀어주는 일도 결코 간단하지 않다. 두 쪽 다 무거운 책임감이 따른다.

나 역시 확고한 방사 기준을 세울 만큼 경력이 충분치 않기에 고민이 깊다. 지금으로서는 건강한 개체라면 자연으로의 방사를 추진하는 편이 더 낫다는 모호한 생각만을 할 뿐이다. 다만 현재 건강한 상태라도 사람을 향한 의존도가 지나치게 높아 자연 생존 가능성이 적다고 판단되면 야생으로의 복귀를 미룰 수밖에 없다. 야생동물이 야생성을 회복할 수 있도록 돕는 시설이 몇 있다. 그런 곳에서 방사 훈련을 받아 자연으로 돌아가는 야생동물이 점차 늘고 있는 건 반가운 일이다. 청주동물원의 야생동물 방사 훈련장에서 지내고 있는 산양도 야생성을 회복하면 언젠가 드넓은 들판으로 돌아갈 수 있으리라 희망하는 것도 이런 이유에서다.

청주동물원에서 오랜 시간을 보낸 독수리들도 하늘이만큼 건강했다면, 혹은 앞으로 그만큼 건강을 회복할 수 있다고 판단했다면 자연 방사 계획을 세웠을 것이다. 하지만 그저 갇혀 있는 독수리가 불쌍하다는 이유만으로 자연에서 생존할 수 없는, 건강하지 않은 개체를 무작정 하늘로 날려 보내는 건 명백한 유기 행위다. 물론 지금 나와 동물원의 판단이 절대적으로 옳다고 할 수도 없고, 앞으로도 계속 독수리들의 자연 복귀를 고려하지 않는 것이 과연 맞는지에 대한 확신도 없다. 그래서인지 동물원을 제집으로 인식하고 잘 지내는 독수리들을 보

면서도 마음이 완전히 편하지는 않다.

　　지금 내가 할 수 있는 일이라고는 그저 더 많은 사례를 살피고 지식을 쌓으면서 갇힌 새들이 다시 넓은 하늘로 돌아갈 수 있도록 끊임없이 방시를 고민하고 논의하는 것뿐이다. 그래서 먼 훗날이라도 내가 돌보던 동물원의 새들이 무사히 건강을 되찾고 방사 훈련을 받아 떠날 수 있다면, 멀리서라도 응원과 사과, 인사를 보낼 수 있다면 그것으로 충분히 기쁠 것이다.

낙하하는 새

사람들이 사는 곳에는 다양한 기반시설이 있다. 넘치는 인구수에 비해 턱없이 모자란 땅덩이에는 이제 자연이라 부를 수 있는 공간이 거의 남지 않았다. 어디에나 도로와 건물, 인간을 위한 시설이 있다. 자연을 남겨놓겠다고, 야생동물을 위하겠다고 공원과 생태 통로를 몇 만들었지만 이미 삶의 터전을 잃고 도로로, 콘크리트 바닥으로 밀려난 야생동물을 모두 포용하지는 못한다. 하늘을 쓰는 새들도 사정은 마찬가지다. 장시간 비행에 지쳐 잠시 쉬어 갈 나뭇가지를 찾아도 보이는 건 온통 전깃줄과 높은 건물뿐이다. 건물 난간이나 꼭대기에 잠시 앉아 쉬려고 해도 큰 목소리와 몸짓으로 다가오는 사람들 때문에 금방 다시 날개를 펴야 한다. 꺼지지 않는 불빛과 소음 속에서 자주 길을 잃기도 한다. 먹이도 숨을 곳도 없는 삭막하고 차가운 콘크리드 심을 배회하던 새들은 결국 서서히 죽어간다. 악조건 속에서도 애써 날갯짓을 계속해 운이 좋으면 저 멀리 남아 있는 숲을 찾을지도 모른다. 그러나 그 숲에 다다르기도 전에 거울을 닮은 높은 유리 벽에 반사된 푸른 하늘에 속아 있는 힘껏 온몸을 던지고서 짧은 생을 마친다.

동물원의 동물은 타의로 자유를 희생당한 대신 야생의 삶보다는 더 편안하고 안락한 삶을 산다. 물론 순전히 인간의 시각이지만 말이다. 어쨌든 지금까지 발표된 연구 결과만 보면 야생동물보다 동물원에서 사육되는 동물의 수명이 평균적으로 더 길다. 단순히 생각해 보아도 동물원의 동물이 아프면 당장 인간이 개입해 치료하지만 야생에서는 거의 그대로 천적의 먹이가 되니까. 그들의 움직임을 제한하는 철조망은 아이러니하게도 그들을 보호하기도 한다. 자유를 대가로 포식자로부터 안전한 삶을 얻은 셈이다. 물론 그들이 원하는 삶인지에 대해서는 늘 의문이 든다. 평생의 먹이가 보장된 안전한 우리 속 삶과 자유롭지만 위험한 야생의 삶 중 어떤 삶을 택할지, 동물과 완전한 대화가 가능하다면 물어보고 싶을 정도다.

사람보다 많은 수의 동물이 사는 동물원에도 건물이 적지 않다. 동물원 사무실, 동물병원, 화장실, 사료 조리실 등. 관람객과 동물원 직원들을 위한 시설도 있지만 동물원에서 생활하는 동물을 위한 곳이 더 많다. 나는 그런 동물원 풍경을 바라보면서 미묘한 위화감을 느낀다. 동물원의 동물을 위한 시설이지만 동물원 밖의 동물은 배려하지 못하고 있다고 느낄 때가 적지 않기 때문이다. 동물원 사무실에서 근무하다 보면 관람객으로부터 '다친 동물이 있다'는 제보가 종종 들어온다. 사육사나 수의사가 미처 발견하지 못한 사육 동물의 이상일 때도 드물게 있지만, 대개는 바닥에 떨어진 야생 새가 그 주인공이다. 제보를 받으면 당장 배터리카를 몰고 현장으로 나가는데 막상 도착하면 금세 다시 날개를 펴고 날아가 버렸다는 말을 듣기도 한다. 아마 나는 법을 완전히 익히지 못한 어린 개체가 바닥으로 떨어졌다가 놀란 몸을 제대로 가누지도 못하고 허둥지둥 다른 곳으로 몸을 숨긴 경우일 것이다. 무사히 안전한 곳에 숨어 쉬다가 제대로 된 날갯짓으로 다시 멀리 날아가면 좋으련만, 그렇지 못한 새들도 있을 터다.

사람들의 시선을 피해 가까운 곳으로 날아갈 힘조차도 남지 않은 새들은 현장에 출동한 사육사와 내가 도착할 때까지 그 자리에 있다가 동물원의 동물병원으로 옮겨지기도 한다. 다친 새들은 종도 크기도 다양한데, 공통점은 주로 건물이나 울타리 주변에서 발견되고 하나같이 기력도 정신도 없어 보인다는 점뿐이다. 간혹 코피를 흘리거나 안구가 충혈된 개체도 있고 골절이 확연하게 눈에 보이는 개체도 있다. 길들여지지 않은 야생동물이기에 최소한의 검사만 진행한 후 응급 상황이 아니라고 판단되면 잠시나마 휴식과 안정을 취할 수 있도록 먹이와 물이 마련된 조용하고 어두운 공간에 넣어준다. 그런 후에 야생동물 구조센터에 연락을 넣어 구조사에게 개체를 인계하면 동물원의 소임은 끝이 난다. 새가 떠난 자리를 보면 당연하게도 먹이와 물에는 입도 대지 않은 채다.

그나마 이렇게 인계되어 가는 경우는 희망이 있다. 제보를 받고 달려가 떨어진 새를 살펴보면 절반은 응급 상황이고, 경련이나 의식 소실을 보이는 심각한 케이스도 많다. 급히 응급 약물을 주입한 후 빠른 회복을 돕는 수액을 처치하기 위해 그 작은 몸에서 혈관을 찾아 겨우 주사를 하려고 보면 열에 아홉은 이미 세상을 떠나 있다. 동물을 건강하게 관리하고 치료하겠다고 수의사가 되어 동물원의 동물병원에서 일하고 있는데, 그 동물병원 건물 때문에 다치고 죽는 새를 마주할 때마다 허탈감이 든다. 그럴 때면 마음을 짓누르는 죄책감과 책임감을 조금이나마 면피하고자 유리창에 충돌 방지 스티커나 붙여볼 뿐이다. 그 스티커마저 실제 효과보다 내 마음의 위안을 위한 게 아닐까 의심하면서. 인간이 이렇게나 이기적이라는 생각을 하면서.

과거에는 관람객이 들어가 관람할 수 있었던 청주동물원의 물새장이 조류독감과 코로나 시기를 거치면서 관람객 출입 금지 구역이 되었다. 이제 물새를 관람하고 싶다면 멀리 세워진 망원경을 통해 보아야 한다. 사람들은 조금 불편해졌지만, 덕분에 물새들의 생활은 한결 편해졌을 것이다. 물새장 한가운데는 높은 기둥이 솟아 있고 이 기둥을 중심으로 공중에 커다란 망이 펼쳐져 있다. 물새의 습성을 고려한 설계로, 간혹 물새들이 이 기둥을 기준 삼아 커다랗게 원을 그리며 비행하는 아름다운 상면을 선사하기도 한다. 그래도 이만하면 그럭저럭 괜찮은 환경 아닌가, 자만할 때쯤 물새장의 그물에 걸려 죽어 있는 새가 발견되었다. 너무 멀어서 자세히 볼 수는 없었지만 추측하기로는 까치였다.

처음 계획과 달리 동물원의 물새장에는 동물원에서 사육하는 물새 외에도 많은 종류의 새들이 들어가 생활하던 중이었다. 비교적 몸집이 큰 물새의 탈출을 방지하기 위해 간격이 넓은 그물을 사용했는데 그 틈으로 까치나 참새 등 몸집이 작은 새들이 들어와 물새장을 함께 사용하게 된 것이다. 야생의 환경과 달리 먹이도 쉴 곳도 잘 마련되어 있으니 작은 새들의 눈에도 물새장이 무척 유혹적이었으리라. 그렇게 처음 들어온 한두 마리를 쫓아내지 않았더니 점차 개체수가 많아지다 결국 일어나서는 안 될 사고까지 발생하고 말았다. 새들을 위한 공간이 한순간 새를 죽이는 공간이 되었다. 한동안은 그물에 걸린 까치의 사체가 눈을 감아도 뚜렷이 잔상으로 남았다. 동물을 위한 공간이라는 게 대체 다 뭘까 하는 마음이었다.

그때 물새장 그물에 걸려 죽은 까치는 여전히 내게 해결하지 못한 숙제로 남아 있다. 조류 충돌 사고가 났던 동물원 건물 유리창 곳곳에 스티커를 붙이고, 조류 수의학 서적을 한 번이라도 더 살피고 진료 기술을 높이기 위해 안간힘을 쓰면서 그때의 그 죄책감을 어떻게 하면 긍정적인 변화로, 생산적인 발전으로 바꿀 수 있을까, 남은 동물을 위해 해줄 수 있는 최선의 일이 무엇일까를 고민한다. 아무리 오랜 시간이 지나도, 그 경험이 매번 새롭게 고통스럽고 힘들더라도 인간 때문에 죽는 동물에 무감해지지 않기를, 무력감에 잠식되지 않기를 바라면서.

3장

(동물원의 꿈)

사육사였던 수의사

나는 다소 특이한 계약 조건으로 아쿠아리움에서 경력을 시작했다. 마침 새로 문을 여는 아쿠아리움이 직원을 채용하고 있었고, 채용 직군에 수의사는 없었지만 학교 교수님의 소개로 채용 담당자에게 수의사를 채용할 계획이 없는지 물어볼 수 있었다. 이미 근무를 하고 있던 선배의 좋은 평판을 포함한 여러 도움을 받아 나는 수의사 면허를 받기 전에 아쿠아리움에 채용되었다. 예정대로 수의사 면허를 발급받지 못하면 사육사로 일하게 된다는 조건이 따라붙었다.

당시에는 수의사 면허 시험 결과를 확신할 수 없

는 상황이었다. 그렇다면 1~2년 정도는 사육사로 일하
는 것도 좋은 기회라고 생각하며 조건을 수락했다. 다행
히 얼마 안 있어 수의사 면허를 받았지만 입사 때의 계약
조건 때문인지, 기존 사육사들의 텃새 때문인지, 그것도
아니라면 회사의 효율적인 인력 운영을 위해서인지 알
수 없는 이유로 나는 결국 '수의사 업무가 가능한 사육사'
라는 알쏭달쏭한 포지션에서 업무를 보게 되었다. 그러
나 이 이중 업무가 완전히 불가능한 일임을 깨닫는 데는
그리 오랜 시간이 걸리지 않았다.

　　동물원 혹은 아쿠아리움의 인력 구성을 보면 대체
로 사육사가 다수를 차지한다. 규모가 큰 경우 50명 이상
의 사육사가 근무하는 곳도 있고 적어도 다섯 명의 사육
사가 시설에 상주한다. 반면 수의사는 대형 동물원에도
많아야 다섯이고 대개는 한 명의 수의사가 원내 동물의
건강 관리와 관련한 모든 업무를 처리한다. 그도 그럴 것
이 동물 관련 시설에서 수의사를 채용하기 시작한 역사
가 그리 길지 않다. 동물원과 아쿠아리움에 상시 고용 수
의사를 둘 수 있도록 수의사법을 개정한 것이 2020년의

일이고 대학의 수의학과가 4년제에서 6년제로 개편되기 전에는 수의사로 고용을 해놓고도 '수의 업무를 볼 수 있는 사육사' 정도로 취급하는 일이 비일비재했다.

　나 역시 신참 수의사 시절에는 더 폭넓은 업무를 할 수 있으면 좋다는 식으로, 좋은 게 좋은 거라는 식의 안일한 생각으로 사육사 업무를 함께 맡으려 했다. 하지만 사육사 업무를 하느라 동물들을 제대로 진료하지 못해 아까운 생명을 수차례 허망하게 놓치고 나서야 그 생각이 완전히 틀린 것이었음을 알게 되었다. 원내 동물의 진료와 건강 관리에만 온전히 집중해도 모든 동물을 살피기에는 턱없이 부족한 시간과 공력이었다. 안일하고 오만한 판단으로 생명을 그것도 여러 번씩이나 구하지 못했다는 죄책감은 나를 압도했다.

　사육사의 일과 수의사의 일이 구분된 데는 당연하고도 타당한 이유가 있다. 그런데 내가 뭐라고 그 모든 일을 해낼 수 있을 것처럼 의기양양했던 걸까. 그 얼토당토않은 자신감이 그대로 무거운 돌이 되어 명치에 얹혔다. 이 사실을 깨달은 후부터는 철저히 수의사 업무에만 집중하기 위해 노력했다. 무엇보다 가장 먼저 해야 할 일은 한 팀으로 일하던 사육사 네트워크에서 빠져나오는 것이었다. 사육사 업무를 하지 않는 채로 그들의 팀에 소속되어 있을 수는 없었다. 그래야 암묵적으로 맡겨지는 업무를 거부하고 수의사의 일을 할 수 있었다. 무척 힘들고 외로운 투쟁이었다. 처음부터 적절히 선을 그었더라면 좋았겠지만 이미 벌어진 일이었고 명백한 나의 과오였다. 그 책임 또한 오롯이 나에게 있었으므로 내가 짊어지고 가야만 했다. 원내 동물들을 제대로 돌보지 못했다는 죄책감에서 벗어나 더 나은 방향으로 나아가기 위해 반드시 거쳐야만 하는 과정이었다.

지금도 동물원과 아쿠아리움 내 사육사와 수의사 간의 알력 다툼 혹은 갈등이 여전한 분위기다. 특히 수의사는 원내에서 수적으로 절대적 열세에 있기 때문에 홀로 외로운 싸움을 이어가는 경우가 적지 않다. 근 십여 년간 동물권에 대한 인식이 가파르게 변함과 동시에 동물원과 아쿠아리움을 향한 시선도 급속도로 바뀌고 있는 만큼, 그 안에서 일하는 사람들도 서로의 업무를 존중

하고 각자의 일에 보다 집중할 수 있도록 환경이 두루 개
선되면 좋겠다는 바람이다.

동물 한 마리보다 중요한 것

　　언젠가 국내 야생동물 구조 체계를 확립하는 데 큰 공헌을 한 수의사 선생님의 강연을 들을 기회가 있었다. 지금은 대규모 기관에서 장기적이고 거시적인 관점으로 국내 야생동물 문제를 해결해 나가기 위해 정책 수립 활동을 펼치고 있는 선생님은 당시 야생동물 한 마리 한 마리를 구조하고 치료하는 일보다 더 중요한 것은 야생동물의 구조와 치료가 필요한 상황이 생기지 않도록 근본적인 문제를 구조적으로 해결하는 일이라는 말로 강연을 마쳤다. 그 후로도 선생님은 바쁜 일정에도 국내 야생동물 보호 및 연구, 동물원과 아쿠아리움 내 동물 복지 등을 위한 회의와 세미나에 자주 얼굴을 비추었다. 직접적인 도움을 주지는 못하더라도 구조된 야생동물을 포함해 동물원 내 동물의 진료 수준 향상을 위해 고민하는 후배들을 격려하고픈 마음이지 않았을까 한다.

혈기 왕성한 초보 수의사였던 당시의 나에게는 당장 눈앞에서 죽어가는 야생동물이 있는데 정책이나 구조의 문제를 논하는 것이 탁상공론처럼 느껴져서, 나이가 들고 경력이 쌓이면 다 저런 뻔한 말만 하는 어른이 되는 건가 싶어 씁쓸했다. 하지만 나 역시 아쿠아리움과 동물원에서 여러 동물을 곁에 두고 일하면서, 또 같은 일을 하는 사람들과 이야기를 나누면서 생각이 점차 변했다. 문제의 근본적인 원인을 찾아 개선하지 않으면 수의사 한 사람 한 사람이 하고 있는 수많은 노력이 밑 빠진 독에 물 붓기가 된다는 사실을 깨달았기 때문이다. 물론 당장에 물을 붓는 그 행위가 의미 없다고는 할 수 없지만, 동시에 빠진 밑도 틀어막으려는 노력 역시 동반되어야 한다. 야생동물 문제는 수의사 개인 혹은 하나의 시설이 진료 수준을 높이는 등의 방법으로는 해결할 수 없다.

원인 분석 및 사회적 공유, 일반의 인식 변화가 반드시 따라주어야 한다.

　최근의 동물원·수족관법 개정으로 동물 시설 운영이 신고제에서 허가제로 바뀌면서 다수의 동물원이 운영을 포기하거나 중단했다. 청주동물원의 사자 바람이도 그런 시설에서 구조해 왔다. 바람이가 지내던 동물원은 경영난과 시민들의 따가운 시선 속에 결국 운영 중단을 선언하고 최소한의 관리반으로 시설을 유지하고 있다. 그사이 건강이 악화된 원내 동물이 폐사하는 일도 있었다. 그때 남은 동물들을 위해 청주동물원에서 업무 지원을 나가기로 결정되었다. 동물들의 건강을 최소한으로나마 확인하고 가능하다면 청주동물원으로의 이송을 추진해 보자는 목적이었다. 출장 전날, 진료 차량에 검진 장비를 최대한으로 챙기고 응급 상황도 나름대로 대비했다. 물론 왕진은 아무리 준비를 해도 한계가 있고, 진단과 치료의 질도 크게 떨어질 수밖에 없다. 현장에 가보면 상태가 이미 악화될 대로 악화되어 손쓸 수 없는 경우도 많다. 아직까지 그런 일은 없었지만 진료나 긴급 수술

중 폐사하는 상황이 발생할 수도 있다. 겨우 진단을 내리더라도 다음번의 치료를 확신할 수 없는 상황이기에 최소한의 처치가 해줄 수 있는 전부이지만 그렇게 해서 한 마리라도 살릴 수 있다면, 아니 건강 문제를 파악하고 더 나은 환경으로 옮겨줄 수만 있어도 의미가 있다.

다만 이런 봉사활동식의 지원은 단발성에 그칠 수밖에 없다는 사실이 무척 안타깝다. 폐업을 앞둔 열악한 시설에서 괴로워하는 동물은 끝없이 생겨나는데 어쩌다 한 번 일회성으로 도움을 주는 것만으로는 위험에 처한 동물들을 모두 살릴 수 없다. 그나마 운영 상황이 좋은 동물원과 아쿠아리움도 인력이나 자원이 빠듯한 경우가 태반이기 때문에 도움의 손길을 무한정 내밀 수도 없는 실정이다. 이런 생각이 들 때면 여전히 밑 빠진 독에 물을, 그것도 한 숟가락씩 붓고 있는 게 아닌가 하는 무력감이 밀려온다. 그렇기에 국내 동물원과 아쿠아리움의 현실, 그 현실에 맞서 조금이나마 상황을 개선하고 도움을 주기 위해 애쓰는 기관과 사람들, 동물원과 아쿠아리움에서 살아가는 동물의 삶을 적어도 어제보다는 더 나아지도록 고군분투하는 사람들이 널리 알려지면 좋겠다. 물론 부족한 면도 한계도 분명하고, 지적과 비판을 받을 부분도 명백하지만 어쨌든 이 사실만이라도 널리 공유되어 여론과 공감대가 형성되면 일정 조건을 갖추지 못한 동물 시설이 무분별하게 난립하지 않도록 제도화·법제화될 여지가 생긴다. 단번에 좋아질 수는 없겠지만 느린 속도라도 빠진 밑을 메울 수 있다. 출장을 나가 힘들어하는 동물들을 마주하다 보면 어떤 동물원에서 생활하든 봉사나 도움의 손길 없이도 그 모든 삶이 차츰 나아지기를 더욱 간절히 소망하게 된다.

살리는 일만큼 중요한 일

동물원과 아쿠아리움을 떠나 잠시 동물병원에서 일을 할 때도 야생동물은 잊을 만하면 나의 생활 속으로 들어왔다. 하루는 어느 절의 스님으로부터 급히 걸려온 전화를 받았다. 절에 사는 개가 장기가 다 튀어나올 정도로 다쳤는데 치료를 받을 수 있을지 묻는 전화였다. 그 정도로 상태가 안 좋다면 응급 수술이 가능한 병원으로 바로 가는 게 더 나을 수 있다고 설명했지만 일단 가까운 곳에서 응급 처치라도 받고 싶다는 스님의 말에 결국 나는 서둘러 오시라는 대답을 할 수밖에 없었다.

스님이 데려온 개는 절에 가면 흔히 볼 수 있는 백

구였다. 제법 몸집이 컸는데, 옆구리가 찢겨 복강에 있어야 할 장기가 전부 튀어나와 있었고, 환부에는 피와 흙이 엉망으로 엉겨 붙어 있었다. 가늠조차 하기 어려운 고통 속에서도 백구는 저를 홀로 두고 가버릴까 봐 애처로운 목소리와 눈동자로 스님을 애타게 찾았다.

상처를 자세히 살펴보니 생각보다 상태가 더 심각했다. 소화기 대부분이 바깥으로 노출되어 손상 부위와 살릴 수 있는 부위를 구분하는 일조차 쉽지 않았다. 감염과 괴사를 조금이라도 막아보고자 장기를 하나하나 세척하고 소독하며 볼 수 있는 모든 부분을 꼼꼼히 살폈다. 하지만 이미 괴사가 상당히 진행되었고 괴사로 인한 손상이 여기저기 산발적으로 퍼져 있어 응급 수술을 한다고 해도 소화기 대부분이 제거될 가능성이 커 보였다. 수술도 회복도 쉽지 않을 터였다. 한두 시간의 응급 처치 후, 나는 안타까운 마음으로 지금 할 수 있는 처치는 최대한으로 마쳤지만 서둘러 수술 가능한 큰 병원으로 가서 수술을 받으시라 말하는 수밖에 없었다.

백구가 진정제와 진통제가 섞인 수액을 맞는 동

안, 스님에게 더 자세한 이야기를 들을 수 있었다. 절 주변에 가끔 보이던 멧돼지에게 일을 당한 것 같다는 추측이었다. 새벽에 백구가 크게 짖고 요란한 소리가 나기에 바깥으로 나가 보니 크게 다친 백구가 꼬리를 흔들며 서 있었다는 것이다. 장기가 노출될 정도로 깊은 상처를 입고서도 집을 지켜냈다는 뿌듯함에 당당히 서서 칭찬을 바랐을 모습이 눈앞에 생생히 그려지는 듯했다. 눈 뜨고 보기 어려운 끔찍한 상처라 교통사고나 학대가 아닐까 했는데 멧돼지라니.

멧돼지를 비롯해 사람에게 직·간접적으로 위해를 끼친다고 규정된 야생동물은 의외로 그 수가 상당하다. 농작물에 직접적인 피해를 입히는 멧돼지나 고라니를 비롯해 인간에게 유기되었다가 개체 수가 급격하게 늘어 생태교란종으로 낙인찍힌 동물도 수십 종에 이른다. 동물의 입장에서는 그저 최선을 다해 살아남은 것뿐인데, 생존을 위한 분투의 결과가 제거와 퇴치의 대상이 되는 것이라니 씁쓸할 따름이다. 동물원에 사는 야생동물을 어떻게든 살리기 위해 아등바등하는 일상을 보내는 나에게는 동물원 밖의 야생동물을 매년 수천 마리씩 죽이고 있다는 소식이 특히나 가혹하게 다가온다.

　　따지고 보면 서식지 파괴, 외래종 밀반입 및 유기 등 문제의 원인은 전부 인간에게 있는데 또다시 인간에 의해 인간에게 해를 입히는 유해 조수 혹은 생태교란종으로 분류되어 인간의 손에 관리(라는 이름으로 제거)된다. 생태를 가장 교란하고 있는 종은 인간이건만 죄 없는 동물만 불명예를 뒤집어쓰고 죽임을 당하는 방식으로 책임을 다하고 있다. 심지어 포획되는 방식까지도 잔인하기 그지없다. 포상금을 노린 인간들의 총에 맞거나, 틀이나 덫에 갇히거나, 산 채로 묻힌다. 다친 동물을 살리는 일을 업으로 하다 보니 좀 인도적인 처분을 고민할 수는 없는지를 자꾸만 생각하게 된다. 해결책이 제거나 퇴출뿐이라면 마지막 순간이라도 고통을 줄이거나 없애는 방식을 고려할 수는 없는 것인지.

　　그러다 얼마 전 이 문제에 누구보다 깊이 공감하는 팀장님의 주도하에 생태교란종으로 포획된 거북이들을 동물원으로 들였다. 생태교란종 안락사 방식에 대해서는 법적, 행정적으로 규정된 바가 없기에 최소한의 가이드라도 마련되면 좋겠다는 작은 바람이 있다. 사실 동물원에 사는 수십 종의 동물을 살릴 방법을 모색하고 지식을 쌓기에도 빠듯한 인력과 비용과 시간이지만 사람의 필요로 매년 셀 수 없는 수의 생명을 처분하고 있는 이상, 살리는 방법만큼이나 죽이는 방법에 대한 고려도 중요하다고 생각하기에 손 놓고 지켜보고만 있을 수 없었다.

백구를 다치게 했던 그때 그 멧돼지는 어떻게 되었을까. 사람이 드나드는 절에도 자주 나타나는 멧돼지라면 민가에도 피해를 입혔을지 모른다. 야생에서 먹을 것을 찾지 못해 민가 농작물에 피해를 주기도 전에 굶어 죽었을 가능성도, 포획 시설이나 포상금을 노린 엽사에게 포획되었을 가능성도 크다. 백구의 끔찍한 상처를 생각하면 한없이 원망스러워지다가도 그 멧돼지의 마지막 순간을 그려보면 금세 안타까운 마음이 되어 머릿속이 복잡해진다. 그저 이 생각이 상황을 조금이나마 개선시키는 동력이 되어주기를 바랄 뿐이다.

아픈 동물들의 동물원

앞서 꼬리 없는 알락꼬리여우원숭이 태일이 이야기에서 밝힌 대로 내가 아쿠아리움의 신입 수의사로 일하던 시절만 해도 원내 동물이 병들거나 장애를 얻으면 뒷방으로 숨기기에 급급했다. 대부분의 동물원과 아쿠아리움이 전시는커녕 제대로 치료도 해주지 않고 거의 방치하다가 받아주겠다는 곳이 있으면 헐값에 넘기기 바빴다. 수급이 용이한, 그러니까 '값어치가 낮은' 종은 적절한 치료만 받으면 충분히 여생을 살아갈 수 있음에도 치료비가 더 비싸다는 이유로 안락사되기 일쑤였다. 다행스럽게도 동물권 인식의 변화와 함께 동물원과 아쿠아리움의 병든 동물 처분 문제도 조금씩 개선되었다.

그러나 병든 동물을 '전시하는 일'에 있어서는 여전히 보수적인 입장을 취하는 곳이 많다. 동물을 철저히 전시품으로 보는 시설은 대개 '파손된 전시물'을 전시할 수 없다는 견해를 보이고, 비싸고 귀한 전시품이니 파손되었더라도 최대한 전시하자는 분위기인 곳도 있다. 후자의 경우 장애나 병을 숨긴 채 동물을 전시장에 내모는 곳도 있다. 물론 해당 동물이 살아온 궤적과 질병과 장애를 하나의 역사로 보아 병력과 치료 내역을 있는 그대로 밝히고 어떻게 관리하고 있는지, 이곳에서 지내는 것이 왜 최선인지까지 자세히 설명하며 전시하는 시설도 드물지만 있다. 동물원과 아쿠아리움의 병든 동물 전시 방식은 전적으로 결정권자의 판단에 달려 있다.

내가 아쿠아리움을 떠나 동물병원에서 일하다 다시 동물원으로 돌아오게 된 이유도 이 문제와 연결되어 있다. 야생에서 태어나고 자란 개체와 실내 사육 환경에서 태어나고 자란 개체의 질병이나 장애, 문제 행동 발생 가능성에 다소 차이가 있을 수 있다. 그러나 어찌 되었든 동물은 살면서 크고 작은 상처를 입는다. 아무런 상처나 질병도 겪지 않으면서 살아가는 생명체는 없다. 간혹 치명적인 부상을 입기도 하고, 부상의 흔적이 영구 장애로 남기도 하며, 장애를 가진 채로 태어나기도 한다. 사람도 동물도 마찬가지다. 나 역시 양쪽 손목에 골절을 입어 플레이트 수술을 받았다. 이런 경험과 흉터는 내가 살아온 발자취이자 지금의 나를 완성해 주는 서사다. 유전 질환도 비슷하다. 나를 탄생시킨 존재가 남긴 흔적으로 인한 질환인데, 그저 최선을 다해 치료하고 살아가는 것이 내게 삶을 제공해 준 이들에게 보답하는 길이 아닐까?

이런 기준은 수의사로서 내가 동물을 치료할 때도 동일하게 적용된다. 물론 애초에 겪지 않았다면 좋았겠지만 이미 병에 걸리거나 상처를 입거나 장애를 얻은 개체를 외면하거나 숨기지 않고 치료하고 보호하면서 그 친구가 살아온 이야기를 동물원이나 아쿠아리움을 찾는 사람들에게 있는 그대로 보이고 알리는 일은 여러모로 필요하다. 그러나 내가 아쿠아리움에서 일할 당시 나는 그런 조건을 갖춘 곳을 찾지 못했다. 적어도 내가 현직 수의사로 일하는 동안에는 국내에서 그 같은 시설을 찾기란 어렵겠다고 생각했다. 그래서 첫 직장인 아쿠아리움을 떠나 동물병원 수의사로 일하면서 외국의 동물 보호시설로 시선을 돌리려던 참이었다.

그러던 중 국내 최초로 사육 곰을 구조하고 전시하기 시작한 청주동물원의 소식을 언론 기사를 통해 접하고 내 판단이 틀렸음을 알게 되었다. 청주동물원의 김정호 수의사는 관행이라는 이름으로 만연해진 국내 동물원 시스템의 잘못을 하나씩 바로잡으며 '원내 동물 복지 증진'이라는 목표를 차근차근 이뤄 나가고 있었다. 아쿠아리움의 신입 수의사로 나를 쉴 새 없이 몰아붙이며 동료들에게 분노를 터뜨리면서도 결국 포기해야 했던 그 일을 말이다. 나아가 다양한 기관에서 구조되었으나 야생으로 돌아갈 수 없는 동물을 보호하는 방향으로 영역을 넓히고 있었다. 나는 청주동물원이 목표한 바가 아쿠아리움 근무 시절 내가 꿈꾸던 바와 다르지 않다는 걸 분명히 알 수 있었다. 곧 기대감에 마음이 부풀어 오르기 시작했다. 청주동물원이라면 애꿎은 동료들에게 화를 내지 않아도, 동물을 제대로 된 환경에서 돌보고 치료하기 위해 시설 인력 모두와 싸우며 감정 소모를 하지 않아도 오로지 동물을 위해 내 뜻대로 일을 할 수 있을 터였다. 꿈만 같았다. 그렇게 나는 청주동물원 수의사로 새 직장에서 일하게 되었다.

지금 청주동물원에는 문제 환경에 놓이거나 안락사 위기에 처한 전국의 동물들이 모여든다. 원내 동물의 건강에 이상이 생기면 병력 및 진료 기록과 함께 어떤 이유로 동물원에 입소했는지, 문제 행동이나 진료 시 주의할 사항은 없는지, 격리에 필요한 적절한 분리 공간이 마련되어 있는지 등이 상세하게 적힌 수의사 노트가 그 앞에 놓인다. 이제 나는 늙거나 아픈 동물에게 더 많은 관심을 줄 수 있다. 더 많은 시간과 수고를 들여 진료 업무를 볼 수 있다. 그리고 그 치료와 회복 과정은 다시 고스란히 동물원의 전시 콘텐츠가 된다.

이제 동물원 관람객들은 해당 동물이 어떤 사연으로 청주동물원에 들어왔는지, 이곳에서 어떤 적절한 처치와 치료를 받고 회복하고 있는지, 더 나은 환경에서 자연스럽게 생활하는 모습은 어떤지를 보기 위해 동물원을 찾는다. 동물을 억지로 관람객 앞으로 내몰지 않기에 동물을 못 볼 때도 많지만, '동물을 볼 수 없는 동물원'까지도 콘텐츠가 될 수 있다는 걸 최근에야 알게 되었다. 이곳에서는 누구도 무슨 동물이 더 비싼지, 새로 수급하려면 비용이 얼마나 드는지, 안락사와 매매 중 어느 쪽이 더 경제적인지 같은, 듣기조차 싫었던 말들을 아무도 하지 않는다. 그 어떤 동물이건 청주동물원에 들어오는 순간 가격표가 사라진다. 그 누구도 동물에 값을 매기지 않는다.

접근금지

동물관리

동물사와 야생동물 방사 훈련장

    사자사, 늑대사, 수달사 … 각 동물의 사육장을 일컫는 용어로, 동물원에서 자주 들어보았을 것이다. 밋밋하고 건조한 이름이지만 직관적이고 명료하다. 청주동물원에도 각 동물이 지내는 사육장이 따로 마련되어 있지만 동물사가 아닌 곳에서 지내는 동물도 있다. 청주동물원의 터줏대감 사자 도도와 다른 시설에서 구조되어 온 사자 바람이는 '야생동물 보호시설'에서, 산양 한 마리와 염소 한 마리는 '야생동물 방사 훈련장'에서 지내고 있다.

    현재 야생동물 보호시설이 된 자리에는 원래 비교적 위험하지 않은 동물인 염소나 돼지, 토끼 등을 관람객이 직접 만질 수 있도록 하는 체험 공간이 있었다. 그러다 청주동물원이 동물 복지를 위해 동물 먹이 주기 체험 등의 프로그램을 중단하자 체험 공간 역시 필요성이 사라졌고, 우리는 예산이 허용하는 범위 내에서 지체 없이 공간을 재단장했다. 당시 동물원에서 지내던 중대형 동물 중 열악한 환경에 있는 동물을 그 공간으로 옮기려는 계획이었다.

우리는 먼저 안전을 위해 철책을 두르고 경사와 평지, 수영장 등 공간을 다양하게 구성했다. 일단은 나이 든 몸으로 습성과 맞지 않는 좁은 공간에서 생활하던 곰, 사자, 호랑이를 염두에 두었지만 시간이 흘러 그들이 떠나고 나면 어떤 동물이 그 공간을 쓰게 될지 모르기 때문에 환경을 최대한 다양화하는 것이 중요했다. 그렇게 종의 분류에 맞춘 기존의 동물사가 아니라 어떤 동물이든 들어가서 생활할 수 있는 공간을 만들었다. 길든 짧든 힘든 환경에서 고생하며 지내던 동물들을 위한, 최소한의 반성과 책임을 담은 결정이었다. 앞으로 어떤 동물이 생활하게 될지는 알 수 없지만, 적어도 이 공간에 있을 때만큼은 그간 마음껏 밟지 못했던 땅을 실컷 밟으며 자유롭게 눈비도 맞고 따뜻한 햇볕 아래서 늘어지게 낮잠도 자면서 주변의 여러 생명을 눈에 담다가 편히 떠나기를 기대하는 마음을 담았다.

　　야생동물 방사 훈련장은 청주동물원에서 태어난 삵들의 방사 훈련을 위한 공간으로 처음 만들어졌다. 그래서 발톱을 가진 동물이 넘지 못하도록 울타리 위에 미끄러운 구조물이 덧대어져 있다. 그러다 삵뿐 아니라 다양한 야생동물의 방사를 최대한 시도하기 위해 어떤 동물이든 사람의 손이 닿지 않는 환경에서 야생 훈련을 할 수 있게 공간을 재단장했는데, 청주동물원에서 태어난 삵의 방사 훈련을 환경이 더 나은 다른 기관에서 맡아주는 대신 방사가 어려워진 산양 한 마리를 이 공간으로 데려오게 되었다.

　　처음의 설계보다 훨씬 확장된 방사 훈련장은 현재 2,000제곱미터에 이른다. 청주동물원의 물새장만큼 큰 면적이다. 물론 실제 야생에는 한참 못 미치겠지만 비좁지는 않을 것이다. 새로운 식구는 강원도에서 어미를 잃고 떠돌던 산양으로, 2년 정도 사람과 함께 지내다 보니 야생의 습성이 사라져 버렸다. 산양이 청주동물원으로 오던 날, 함께 지내던 사람들이 챙겨 온 물품이 차 트렁크를 가득 채울 정도였고, 먹였던 사료도 종류가 아주 다양했다. 산양을 청주동물원에 놓고도 한동안 발길을 떼지 못하던 사람들을 보니 얼마나 사랑받으며 자란 아이인지가 실감되었다. 누구보다 산양의 야생 복귀를 바랐을 테지만 어떻게 따져보아도 방사는 불가능하겠다는 판단을 내리면서, 다른 시설로의 인계를 결정하면서 얼마나 마음이 무거웠을지 그 심정을 충분히 이해할 수 있었다.

새로운 보금자리를 찾은 산양은 역시나 사람을 몹시 잘 따른다. 그 넓은 공간에서도 사람 말소리가 들리면 어느새 곁으로 와 귀를 쫑긋거리고 쓰다듬어 달라고 울타리에 몸을 가져다 댄다. 그 모습이 무척 사랑스러우면서도 이제 영영 야생으로 복귀하기는 어렵지 않을까 하는 생각에 마음이 편치 않다. 무리 생활을 하는 산양의 습성에 맞춰 청주동물원에 있던 염소 한 마리도 함께 지내도록 해주었다. 걱정이 무색하게도 사람이 없을 때면 둘이 함께 뛰어노는 모습을 보여준다. 야생 방사 훈련을 위한 공간이다 보니 동물원 관람객의 접근이 어려워 사람을 자주 볼 수 없다는 것이 그나마 다행이다. 지금은 사람들의 손길을 그리워하지만 방사 훈련장에서 지내는 시간이 길어지고 사람을 향한 경계심이 회복되면 언젠가는 다시 방사 여부를 고려해 볼 수도 있다.

그런 기적을 바라면서 나 역시도 이제 그 앞에서 오랜 시간을 보내거나 무심코 쓰다듬지 않도록 조심하고 있다. 자신이 돌아가야 할 곳은 야생이며, 사람은 위험한 존재임을 다시 인식하게 되기를, 사람이 없는 공간에서 편안함을 느끼게 되기를 기대한다. 먼 훗날 뒤도 돌아보지 않고 야생을 향해 박차고 나가는 산양의 뒷모습을 보게 된다면 더없이 기쁠 것이다.

사람도 위하는 동물원

　얼마 전 청주동물원에 붉은여우를 본떠 만든 황동 동상이 하나 생겼다. 장애인 관람객을 위한 콘텐츠의 일환으로 새로 제작된 동물상이다. 시각장애인이 직접 만져보면서 붉은여우의 생김새를 배울 수 있도록 눈이나 귀 등의 부위마다 점자 표시도 되어 있다. 청주시 유튜브 채널을 통해 매주 업로드하고 있는 청주동물원 영상도 수어 해설 영상과 화면 해설 영상을 추가로 제작해 장애인도 동물원에 방문해 보다 다양한 콘텐츠를 즐기도록 했다. 청주동물원으로 자리를 옮겨 진행한 업무 중 특히 뜻깊고 의미 있는 일이었다.

국내에 운영되고 있는 동물원과 아쿠아리움이 적지 않지만 장애인을 위한 시설이나 콘텐츠를 보유한 곳은 찾아보기 어렵다. 동물 복지에 가장 앞선다는 평을 듣는 청주동물원도 최근에야 장애인을 위한 콘텐츠를 소규모로 겨우 제작하고 있는 실정이다. 거동이 불편한 장애인이 원내를 좀 더 편리하게 이동할 수 있도록 설치한 모노레일마저 도중에 끊어져 있다.(이 모노레일은 재정비가 완료되어 2024년 3월부터 운행을 재개했다.)

최근 들어 동물원과 아쿠아리움을 일터로 하는 사람들은 동물 복지와 동물권에 대한 이야기를 귀에 딱지가 앉도록 듣고 있다. 느끼기로는 이 주제가 주요한 이슈가 된 지 대략 10년 정도 된 것 같다. 10년 전부터 동물 보호에 대한 인식 수준이 점차 올라가면서 동물 복지와 권리, 생명을 둘러싼 보다 심오한 철학까지도 일상에서 어렵지 않게 접할 수 있는 환경이 조성된 것이다. 자연스레 동물을 둘러싼 직업을 가진 이들에게 이 문제에 대한 이해는 필수적으로 갖춰야 할 소양이 되었다. 비교적 단시간의 빠른 변화가 놀랍고 또 반갑기는 하지만, 동물을 향한 존중과 관심이 깊어지는 사이 장애인에 대한 인식도 그만큼 성장했는가를 생각하면 개인적으로는 부정적이다.

제한된 경험이지만 동물원과 아쿠아리움에서 근무하는 동안 나는 동물단체와 환경단체의 메일이나 연락을 수차례 받았다. 동물원의 열악한 사육 환경을 지적하거나 체험형 전시를 위해 동물을 굶기는 일이 있는지 묻는 등 일견 타당한 내용도 있었지만 동물원의 동물을 당장 모두 풀어주어야 한다거나 원내 동물이 죽으면 사람과 동일한 과정으로 장례를 치러주어야 한다는 등 지나치게 급진적이어서 지금으로서는 다소 받아들이기 어려운 주장도 있었다. 반면 장애인을 포함한 사회적 약자편에 선 관람 요구나 문의를 받은 경험은 전무하다. 동물권 이슈만큼 장애인 인식도 동반 상승했다면 지금의 동물원과 아쿠아리움은 꽤 다른 모습을 하고 있을 것이다. 그 생각을 하면 어딘가 모르게 씁쓸해진다.

이따금 다리나 날개 등에 장애가 생긴 동물들을 따로 관리하는 동물사 앞에서 관람을 하고 있는 장애인 관람객을 마주칠 때가 있다. 청주동물원에서는 장애나 질병이 있는 동물을 특별 관리 대상으로 삼아 더욱 지극히 보살핀다. 몸이 불편해진 개체이니 스트레스를 받지 않도록 더 편안한 환경을 제공하기 위해 신경을 쓰는 것이다. 그런데 동물원에 장애인 관람객을 위한 편의 시설이 얼마나 설치되어 있던가? 장애 동물사 앞에 선 장애인 관람객을 마주한 순간, 부끄러움으로 달아오른 얼굴을 애써 숨기며 현장을 빠른 걸음으로 벗어날 수밖에 없었다. 인간과 동물 중 무엇이 우선하냐는 의문이 아니었다. 아프고 병든, 혹은 장애가 있는 약한 존재를 더 배려하는, 인간이라면 당연히 품는 그 마음이 동물을 보살피고 돌볼 때는 본능과도 같이 작용하면서 왜 인간을 향해서는 작용하지 못했던 것일까?

이런 경험을 몇 차례 하고 나서야 부끄러움과 죄책감을 해소하고자 장애인을 위한 콘텐츠 아이디어를 내고 실행을 시도하기 시작했다. 작업에 착수한 지 고작 1년밖에 되지 않아서 아직 크게 눈에 띄는 부분은 없지만 작은 변화를 꾸준히 만들어가다 보면 언젠가는 장애인과 비장애인이 동등하게 즐길 수 있는 동물원이 되지 않을까? 동물원이 인간이든 동물이든 약한 존재를 모두 포용할 수 있는 공간이 되기를 꿈꿔본다.

애도하는 방법

　청주동물원에는 다른 동물원에는 없는 특별한 공간이 있다. 바로 추모관이다. 동물원에서 생을 마감한 동물을 추억하기 위한 곳으로, 일반 관람객에게도 공개되어 있다. 최근에는 유튜브 등을 통해 그 존재가 꽤 알려져 종종 추모관 가는 길을 묻는 관람객이 있을 정도다. 추모관이라는 이름 때문인지 누군가는 유골함이 있는 봉안당(납골당)을 떠올리기도 한다. 그러나 동물원의 추모관에는 유골함 대신 동물의 이름이 적힌 명패만 보관되어 있다.

　동물원의 동물이 세상을 떠나면 그 사체는 교육적·과학적으로 중요도가 높은 종의 경우 박제되거나 골격표본으로 제작된다. 그 외에도 연구를 위해 사체 일부가 사용되기도 하지만 대개는 폐기물로 분류되어 전문 업체를 통해 소각된다. 최근 동물권 인식이 변화하면서 동물원의 사체 처리 방식에 대해서도 관심도가 높아졌다. 박제나 골격표본 제작을 비판하는 이들도 있고, 사람의 장례와 마찬가지로 염 등의 과정을 거쳐 매장해 주기를 바라는 목소리도 있다. 모두 동물을 아끼는 마음에서 기원한 비판이나 제안이겠으나 박제나 골격표본 제작을 통한 연구 역시 세상에 남아 생을 이어가는 동물을 위한 것임이 좀 더 알려지길 바란다.

전 세계적으로 개체 수가 적은 동물이라면 박제를 통한 교육과 연구가 종 보존이나 번식에 큰 도움이 될 수 있다. 더불어 사체의 세포와 유전자 연구는 특정 질환을 앓고 있거나 앓게 될 동물이 미래에 더 나은 치료를 받게 하는 데 결정적 역할을 한다. 평생을 동물원 사육장에서 보낸 동물이 죽어서까지 인간을 위해 쓰여야 하는가 하는 안쓰러운 마음도 일견 이해되지만, 더 장기적인 시각으로 보면 사체 연구 역시 결국 동물을 위한 길이다.

또한 동물 사체의 매장은 자칫 전염병의 원인이 될 위험이 있어 소각 처리가 필수다. 모르긴 몰라도 죽어서 다른 동물을 병들게 하는 매개체가 되기를 바라는 동물은 없을 것이다. 간혹 몸집이 큰 동물은 사체를 조각내야만 소각할 수 있어 동물과 매일 시간을 보냈던 사육사나 수의사가 이별의 슬픔을 뒤로하고 절단 작업을 도맡기도 한다. 그 몸과 마음의 고통을 다스리는 일까지가 마지막까지 동물 곁을 지켰던 사람의 몫인가 한다. 사체 처리 방식에 따라 떠나보낸 동물을 애도하는 마음이 달라지지는 않으리라. 소각이나 박제 처리가 비인간적이고 무례하다는 생각이 오히려 인간 중심적 사고방식이 아닌지 생각해 볼 필요가 있다.

청주동물원의 추모관 벽에는 명패가 가득하다. 적지 않은 사람들이 이 추모관에 들러 자신이 알던 동물을 추억하거나 꽃이나 묵례로 애도의 마음을 표한다. 나 역시 그 흔적에 이끌려 자주 추모관으로 발걸음을 옮긴다. 거기서 익숙한 이름들을 하나씩 훑으며 그들이 살아생전에 해주지 못한 것들을 떠올리다 보면 결국 지금의 동물원은 이들이 세상을 떠날 때보다 더 나아졌는지, 그 하나의 질문에 이른다. 그리고 그 물음에 당당하게 답할 수 없어 불편해진 마음을 잠시 감내한다.

추모관 안내판에도 적혀 있듯 동물원은 어쨌든 야생에서 살도록 진화한 동물을 좁은 우리에 가두어 기르는 곳이고, 그 우리에서 길러진 동물은 대부분 야생을 살아낼 수 없다. 동물을 위한 일이라 해도, 동물이 인간의 뜻을 이해할 리 없다. 그래서 우리는 동물에게 항상 빚진 마음을 가진다. 그 빚을 완전히 갚기란 요원한 일이다. 어쩌면 세상 어딘가에 동물원이라는 공간이 하나라도 남아 있는 한 영영 불가능한 일일지도 모른다. 나는 그저 수십 개의 명패 앞에서 이제는 전시만을 위해 동물을 사오지 않기로 했다고, 인간의 즐거움을 위해 동물이 불편을 감내하도록 두지 않기로 했다고, 무분별한 번식으로 개체를 늘리지 않기로 했다고, 나아지는 동물원의 모습을 하나씩 말해볼 뿐이다. 그렇게 동물원을 동물을 위한 공간으로 만들기 위해 많은 사람이 쉼 없이 애쓰고 있다고, 앞으로 더 노력하겠다고 다짐하는 것만이 명패의 이름들에게 해줄 수 있는 전부가 아닐까 한다. 앞으로도 추모관이 반성의 공간으로, 치유의 공간으로, 발전의 공간으로 자리를 지켜주면 좋겠다. 동물원에 나이 많은 동물이 적지 않기에 추모관의 빈 벽에는 새로운 이름이 계속 걸릴 테지만, 그들에게 조금씩이라도 나아지는 동물원을 보여줄 수 있어 다행이라고 마음을 다잡는다.

동물원의 꿈

첫 직장이었던 아쿠아리움을 떠났다가 다시 동물원에서 일하게 되면서 새로운 꿈이 생겼다. 수의학과 대학생 시절의 꿈이 '아쿠아리움 수의사가 되겠다' 정도의 단순한 꿈이었다면, 동물원 수의사가 된 지금의 꿈은 설명하기에 조금 복잡해졌는데, 바로 지금 몸담은 청주동물원을 국립동물원으로 만드는 것이다. 현재 우리나라에는 국립동물원이 없다. 그러니까 언젠가 국내 동물원이 국립으로 승격된다면 한국 최초의 국립동물원이 되는 것이다. 나는 그것이 청주동물원이 되면 좋겠다고 생각한다.

외국의 모범 사례처럼 제대로 된 국립동물원을 꾸리기 위해서는 야생동물 연구 보전 기능을 더욱 강화해 생태동물원 및 연구·보전센터로의 전환도 염두에 두어야 하고, 동물원 동물들의 생활환경과 복지도 지금보다 더욱 엄격하게 관리해야 한다. 거기다 여러 사람과 기관의 도움을 받아 적절한 논의를 거치고 수많은 행정 절차를 밟아야 하기에 정치적인 타이밍도 잘 맞아야 한다. 사실 여러모로 실현 가능성이 크지도 않고, 국립으로의 승격이 동물원의 모든 문제를 해결해 줄 수 있는 만병통치약도 아니므로 주변에 알리지는 않은 채 나만의 은밀한 목표로 삼아 조금씩 준비를 하고 있었다. 이를테면 동물원 운영과 관련한 행정 서류를 잘 챙겨둔다든지, 행정 절차에 미흡한 부분이 있으면 수의 업무가 아니더라도 적극적으로 보완해 두는 식이었다. 더불어 동물원의 공익적 가치를 높이기 위해 강의나 교육, 실습에도 힘을 쏟았고 동물원의 이름으로 봉사활동도 여러 차례 진행한 후 언론 보도로 이어질 수 있도록 자료 작성에도 공을 들였다. 장애인 관람객을 위한 시설 보완이나 영상물의 화면 해설 및 수어 화면 제작에 발 벗고 나선 데도 어쩌면 먼 훗날 청주동물원을 국립동물원으로 만드는 일에 도움이 될지 모른다는 음흉한 마음이 있었는지 모른다.

그러다 한번은 함께 일하는 김정호 팀장님과 청주 동물원의 목표와 미래에 대해 이야기할 기회가 생겼다. 팀장님은 나와 달리 시민들의 기부금으로 운영되는 동 물원을 꿈꾸고 있었다. 그런데 서로 깊이 이야기를 나누 다 보니 실은 운영 예산의 주체가 지금처럼 지자체이든, 국가이든, 시민이든 그다지 중요하지 않다는 생각이 들 었다. 청주동물원이 국립이 되면 지자체 산하일 때보다 오히려 의사 결정 단계는 복잡해지고, 한계는 더욱 좁아 질 수 있다. 그렇다고 시민 기부금 운영 형태가 모든 문 제를 해결할 수 있는 만능열쇠도 아니다. 시민 기부금으 로 운영되는 동물원이라고 언제나 칭찬과 격려만 쏟아 지리라 기대하기는 어렵다. 운영 기금을 지원하는 쪽의 이런저런 말에 휘둘릴 위험도 있다. 결국 어떤 운영 형태 이든 완벽할 수는 없다. 팀장님과 내가 바라는 동물원의 모습은 어떤 특정한 운영 방식이 아니라 동물원 수의사로서 동물원의 동물들이 어제보다 나은 삶을 살 수 있도록 도울 수 있고, 사람에게 길들여져 야생으로 돌아갈 수 없는 야생동물이나 열악한 시설에서 고통받는 동물을 이런저런 고민 없이 받을 수 있고, 그들이 여생을 동물원에서 편히 보낼 수 있도록 오로지 동물의 안위와 평안을 위해 일할 수 있는 환경이었다.

나 역시 그동안 청주동물원을 국립으로 승격시키겠다는 목표만을 향해 달리나 그 목표를 세우게 된 진정한 동기를 잊고 있었다. 그러다 뜻이 맞는 팀장님과 오랜 시간 대화를 나누며, 또 희망으로 반짝이는 팀장님의 눈빛을 보며 지쳐 있던 나도 다시 가슴이 뛰기 시작했다. 이따금 힘들 때마다 팀장님과의 대화를 기억하며 동물의 건강과 복지만을 위해 일하게 될 날을, 길들여진 야생동물 혹은 위험에 처한 동물을 더 좋은 환경에서 살도록 아낌없이 도울 날을, 다음 세대의 동물들에게 더 편안한 보금자리를 내주게 될 날을, 우리의 가치관과 의지를 이어받을 후배들에게 그 꿈의 공간을 물려주게 될 날을 떠올리려 한다.

다음에 올 수의사에게

    수의사와 수의학과를 둘러싼 큰 오해가 있다. 바로 대학에서 모든 종의 동물 진료법을 배운다는 것이다. 대체로 국내 대학의 수의학과 과정은 소동물과 축산업 동물에 초점이 맞춰져 있다. 때문에 고래나 오리너구리 같은 희귀한 동물이 아니라도 개, 고양이, 소, 돼지 이외의 조류나 양서류, 파충류, 어류 등은 수의사 면허가 있다 해도 경험이 없다면 제대로 된 진료를 거의 할 수 없다. 결국 동물원과 아쿠아리움 수의사는 대학에서 배운 소동물과 축산업 동물에 대한 지식을 토대로 현장에서 다양한 동물을 진료하며 부족한 부분을 하나씩 배우고 익히는 수밖에 없다.

상황이 이렇다 보니 대학에서 6년간 공부한 내용이 눈앞에 놓인 동물에 따라 전혀 소용없어지기도 한다. 해부학적 구조, 생리학적 특성, 각 질환에 따라 변화하는 수치의 범위가 일반론과는 전혀 다르고, 앞서 경험한 적도 없다면 치료의 결과를 그저 운에 맡길 수밖에 없다. 어떤 동물은 운 좋게 개나 고양이와 비슷해서 치료가 되고, 어떤 동물은 최악의 경우 오진으로 완선히 잘못된 처치를 받는다. 나 역시 비슷한 경험을 쌓아왔고, 다양한 낯선 동물을 돌보고 있는 많은 수의사의 사정도 별반 다르지 않을 것이다.

당연하게도 학교에서 배우지 않는 동물이 중요도가 떨어지는 것은 절대 아니다. 각 지역 동물원에 살고 있는 수십 수백 종의 야생동물까지 나아가지 않더라도, 특정 지역의 생태·지리·문화적 특성을 반영하는 깃대종, 극히 좁은 폭의 환경에서만 생존해 환경오염의 정도를 알려주는 지표종, 모든 종의 종 다양성 유지에 결정적 역할을 하는 핵심종 등 종 보존을 위한 진료가 시급한 멸종위기종에 대한 연구와 교육도 무엇보다 중요하다. 현재 수의학과의 소동물, 축산업 동물에 집중된 교육 과정은 엄밀히 말하면 시장에서의 수요와 공급 원칙에 따른 결과일 뿐 종 다양성과 중요도 측면을 충분히 반영하고 있다고 볼 수 없다.

더불어 임상 현장에서의 야생동물 진료 기술이나 기본 지식이 꾸준히 축적되고 전수되지 못하는 현실도 무척 아쉽다. 결국 대학에서도 현장에서도 진료 노하우나 지식을 체계적인 방식으로 전달받지 못한 수의사들은 매번 황무지 같은 맨땅에서 같은 실수를 반복할 수밖에 없다. 소동물과 산업 동물 측면에서는 우리나라의 수의학 발달과 기술 수준이 상당히 높은 편임에도 동물원과 아쿠아리움 동물을 비롯한 야생동물 진료에서는 그 수준을 따라잡지 못하고 있는 데는 이런 이유가 크게 작용한다. 무엇보다 현장의 중심에서 일하는 당사자로서는 답답함이 가장 크다. 나 역시 경험이 없던 시절 막무가내로 대학이나 동물원 이곳저곳에 연락해 닥치는 대로 물어가며 일을 했었는데, 여전히 후배들이 그 지난한

작업을 반복하고 있으리라는 생각을 하니 한숨이 나온다. 더구나 그 깜깜이 수의사 앞 진료대에 놓인 동물은 또 무슨 죄란 말인가.

이야기를 나누어 보니 나보다 경력이 긴 팀장님을 비롯해 함께 일하는 수의사 모두가 이 부분에서 비슷한 경험을 해온 터라 같은 문제의식을 공유하고 있었다. 해서 이 악순환을 끊는 데 조금이나마 보탬이 될까 싶어, 내 다음에 올 후배들을 향한 미안함을 조금이나마 덜 수 있을까 싶어 함께 일하는 수의사들과 야생동물 진료에 대한 기본적인 정보를 담은 책자를 만들기 시작했다. 물론 아주 간단한 진료 방법만 정리하더라도 한 번에 모든 동물 종을 아우르는 데는 한계가 있어 매년 한 동물 종을 지정해 그동안 세 수의사가 진료하며 체득한 기초적인 진료 방법과 흔히 발생하는 질환에 대한 정보를 정리하기로 했다. 작년에는 가장 먼저 독수리에 관한 책자를 완성했다. 물론 모든 동물 종을 다 아우를 때까지 갈 길이 멀고 세 수의사의 제한된 경험이 기반이 될 수밖에 없기에 오류도 많겠지만 이 책자를 계기로 소동물과 산업 동물 외의 동물 진료에 있어서도 활발한 논의와 지식 교류가 이루어지기를 소망해 본다.

이 같은 자료 수집 및 제작, 배포와 함께 부족한 야생동물 수의학 자료에 보탬이 되고자 황새의 정상 해부학 구조와 수치를 데이터화하는 작업을 병행하고 있다. 지금의 동물원으로 자리를 옮겨 더 다양한 조류를 관리하고 진료하면서 걷는 것보다 뛰는 것이 힘들고, 분명 뛰는 것보다 나는 게 더 힘들 텐데 그런 새들의 심장은 괜찮은 건지 잠시 생각에 잠긴 적이 있다. 개들도 흔히 과한 운동을 하거나 흥분을 하면 심장에 문제가 생기고는 하는데, 새라고 그런 문제가 생기지 않으리라는 법이 없지 않은가. 그렇게 시작된 학문적 호기심으로 논문을 훑어보다 외국에서는 1900년대 후반부터 닭을 비롯한 조류의 심장질환에 관한 연구가 꾸준히 진행돼 왔으며 최근에는 심장 초음파를 활용해 조류의 질환을 진단하는 수준에까지 진료 기술이 발전했고, 또 심장과 큰 혈관에 문제가 생겨 죽는 조류의 수와 종류가 꽤 많다는 사실을 알게 되었다. 그러면서 나 역시 수의사로서 연구를 지속해 나갈 방향을 잡을 수 있었다.

현재는 감사하게도 동물원의 지원을 두루 받아 조류의 심장 연구에 좀 더 적극적으로 임하고 있다. 나는 먼저 조류의 심장 중에서도 황새의 심장을 연구 대상으로 삼았다. 동물원에 있는 대형 조류인 황새와 두루미를 두고 고민을 하던 차에 동물원 인근의 황새생태연구원에 근무하는 박사님의 도움으로 진정제나 마취 없이 황새를 진료(보정)할 수 있는 포대기를 얻은 것이 계기가 되었다. 이 장비의 정확한 명칭은 모르지만 생긴 것이 마치 아기 포대기 같아 그저 '포대기'라고 부르고 있다. 이 포대기에 감싸 빛과 소리만 차단해 주면 초음파 검사를 진행하는 30분에서 한 시간 가량 동안 황새는 편안하게 검사를 받는다. 예민도가 높은 조류 검진의 어려움을 생각하면 거의 천지개벽 수준이다. 심장 부위에만 작게 구멍이 뚫린 이 특별할 것 없는 포대기가 내게는 구세주 같다.

나의 황새 심장 연구도, 동물원에서 매년 한 종씩 정리하는 야생동물 진료 가이드도 멀리서 보면 보잘것 없는 작은 발버둥일지 모른다. 다만 지금의 움직임이 조금 더 알려져 다른 동물원과 야생동물 기관도 함께 뜻을 모아주기를, 그렇게 조금씩이나마 변화를 만들어나갈 수 있기를 꿈꿔본다. 이런 변화가 천천히 쌓여 적어도 내가 은퇴할 즈음이면 다음에 오는 후배들이 힘들지 않게 경력을 시작하면 좋겠다. 그래서 그 손에 맡겨진 동물이 더 이상 '실수로' 희생되는 일이 생기지 않는다면 더는 바랄 것이 없겠다.

모두를 위한 동물원을 함께 꿈꾸며

청주시립동물원 진료사육팀장
수의사 김정호

떠올려보니 변재원 수의사를 처음 만난 건 제주에서였다. 같은 아쿠아리움 소속 수의사의 소개로 자리를 함께하게 되었는데 당시 퇴사를 앞두고 있던 그는 몸담았던 아쿠아리움을 떠난다는 데 대한 아쉬움이 가득해 보였다. 바닷속에서 물고기 떼에 발길질하는 야생 새들을 보았던 그가 동물을 가둔 아쿠아리움에서 일하면서 얼마나 자주 부침을 겪었을지 짐작이 갔다. 물속에서 숨 쉬는 것도 잊은 채 야생의 경이를 목격한 변 수의사가 갇힌 야생동물에 연민하고 아쿠아리움을 애증한 것은 당연한 결과이지 않을까?

그러다 퇴사 후 수도권 소재 동물병원에서 페이닥터로 일하던 그와 다시 연락이 닿았다. 변 수의사는 야생동물에 비해 선진화된 국내 소동물 진료 환경을 긍정하며 보통의 수의사로서 삶을 이어가고 있었다. 그러나 뭔가 신이 나 보이지는 않았다. 그러다 결국 급여 수준도 다니던 동물병원보다 낮은 청주시립동물원에 합류하게 되었다.

청주시립동물원은 세 명의 수의사가 외과(마취), 내과, 영상의학과로 나누어 진료를 담당하고 있다. 행정을 위한 사무실은 공동으로 사용하지만 각 진료 과목별로 건물이 다르다. 건물은 독립되어 있지만 진료는 상호 유기적이다. 동물원 내 수의사 밴드도 결성하여 가끔 원내 버스킹 공연도 한다. 각자 따로 연습하다가 공연을 앞두고는 합주를 시작한다. 진료와 합주는 닮았다. 각자 부단히 자기 파트를 연습해 놓아야 모일 때 순조롭다.

이 책에서 변재원 수의사가 바라는 대로 우리 동물원이 제대로 된 환경에서 동물을 돌보고 치료하기 위해 모두 힘을 모으는 곳, 비록 동물원의 울타리가 동물을 가

두는 역할을 하지만 갈 곳 없는 야생동물을 보호하고 치유를 통해 야생으로의 복귀를 돕는 곳이 되기를 바란다.

얼마 전 영구 장애를 입은 야생동물을 보호한다는 소식을 들은 장애인 관람객이 고맙다는 전화를 주었다. 열악한 개인 동물원의 나이 든 동물을 데려왔다는 소식을 전하는 기사에 노령층 분들이 응원 댓글을 달아 주었다. 소외된 동물의 보호가 사회적 약자에 대한 배려로 확장될 것이라 믿는다.

성벽처럼 든든한 변 수의사에게

청주시립동물원 진료 수의사
홍성현

동물원의 동물들은 대부분 야생으로 되돌아갈 수 없다. 자연환경으로부터 격리되어 자란 동물은 야생에서 평생 살아온 동물과의 경쟁을 시도조차 할 수 없을 만큼 생존력이 크게 떨어진다. 그렇기에 우리는 최종적으로 사람과 동물이 공생할 수 있는 서식지를 조성해야 한다. 굴을 파고 사는 오소리의 집을 콘크리트로 덮고, 나무 틈에 둥지를 만드는 올빼미의 집을 깎아내면서 영역을 확장해 온 현대의 도시는 동물의 서식지가 될 수 없다. 동물원에서 지내는 오소리와 올빼미는 관람객들에게 그런 자연의 이야기를 전한다.

턱없이 부족한 정보 탓에 동물원의 동물 관리를 축산업에 깊이 의존하던 시기가 있었다. 그 때문인지 동물원 업계에도 동물을 소비의 대상으로 보는 시선이 적잖이 남아 있다. 동물원의 먹이 주기 체험 이벤트는 동물이 사람에게 접근해서 먹이를 받아먹도록 하는 영업 상품이다. 동물에게 사람은 천적이다. 천적에게 스스로 다가가도록 하기 위해서는 동물을 더 큰 위험에 노출시켜야 한다. 보통의 굶주림으로는 유도할 수 없는 일이다. 그 속에서 동물은 자유뿐 아니라 생리 현상까지 억압당했다. 동물원은 전시·오락이라는 이기적인 목적으로 시작된 사업이다. 보통의 오락 사업처럼 동물원 사업도 안정적으로 확산되어 1997년 맑은 고을 청주에도 야생 조수 관람장이 개장했다. 이 관람장은 개장 27년 만에 우리나라 최초의 거점동물원이 된다. 오락을 목적으로 감금한 동물의 안위에 대한 대중의 시선은 그사이 많이 달라졌다.

변재원 수의사가 일하는 청주시립동물원에서도 관람객에게 여러 재미 요소를 제공하기 위해 골똘히 고민한다. 사실 동물을 굶기는 일만큼 쉬운 방법도 없지만,

먹이 주기 체험은 없다. 그 대신 각 동물의 흥미로운 습성에 대한 다양한 자료를 제작하고 동물이 좋아하는 은신처를 만들어 관람객에게 보여주는 데 시간과 노력을 할애한다. 동물들이 좀 더 편하게 생활할 수 있는 환경을 만드는 것이다. 물론 이 안에도 동물을 번식시켜 새끼들을 보여주자고 하는 관계자도 있다. 공간도 없는데 말이다.

외과, 내과, 영상의학과 수의사로 구성된 청주시립동물원 진료팀은 끊임없이 환자에 대해 논의하며 일상을 보낸다. 동물병원 진단검사동에서, 영상의학동에서, 원내 관람로를 걸으면서, 업무를 위해 이동하는 차 안에서. 사무실의 자리도 옹기종기 모여 있어서 봄철 황새처럼 쉴 새 없이 이야기를 나눈다. 평소에는 침착한 편이지만 정신없이 바쁜 진료 현장에서 나도 모르게 흥분해서 소리를 친 적이 있다. 그때 변재원 수의사가 흥분하지 말라고 더 크게 소리쳐 주었다. 흥분이 가라앉았다. 세 수의사의 상호 보완적인 관계가 척척 균형을 이룬다.

김승옥 소설가의 1964년 작품 〈역사〉에는 동대문 성벽에 올라 금고만 한 벽돌을 양쪽 손에 하나씩 집어 들고 이리저리 옮기는 "공원의 젊은이 서 씨"가 등장한다. 그 서 씨를 보면 나의 동료인 "동물원의 젊은이 변 씨"가 떠오른다. 강한 책임감으로 모든 업무를 제 일 삼아 성실히 수행하는 변재원 수의사를 보고 있으면 성벽처럼 든든한 느낌이 든다. 평화를 연출하는 협상가보다는 정의를 실현하는 불편한 혁명가 편에 서기를 자청하는 변재원 수의사이지만 아팠던 동물이 체력을 회복하고 먹이에 호기심을 보이는 날에는 모든 걱정을 잊은 듯 시원한 얼굴로 개운하게 웃곤 한다. 동물에게는 평화도 정의도 아닌 건강만을 바라는 사피엔스다.

책을 읽으면서 변재원 수의사가 그간 일터에서 겪어온 일상이 그려졌다. 동물을 치료하는 법을 6년간 배워서 동물 소비를 주장하는 사람들과 생활하며 느꼈던 고달픔과 괴리가 한 문장 한 문장에 고스란히 담겼다. 나 역시 같이 울고 웃으며 고민하는 시간을 가졌다. 벽돌을 번쩍 들어 올린 "동물원의 젊은이 변 씨"가 들려주는 이야기를 통해 독자들도 덩달아 울고 웃었기를 바란다. 앞으로 변 수의사와 함께 만들어갈 동물원이 기대된다.